Die schönsten Märchen aus dem Orient

Die schönsten Märchen aus dem Orient

RECLAM

2021 Philipp Reclam jun. Verlag GmbH,
Siemensstraße 32, 71254 Ditzingen
Umschlaggestaltung: zero-media.net
Muster und Goldstruktur: FinePic®
Druck und buchbinderische Verarbeitung :
CPI books GmbH, Birkstraße 10, 25917 Leck
Printed in Germany 2021
RECLAM ist eine eingetragene Marken
der Philipp Reclam jun. GmbH & Co. KG, Stuttgart
ISBN 978-3-15-011363-9
www.reclam.de

Inhalt

In alten Zeiten
und in längst entschwundenen Tagen ...

Von kühnen Abenteuerfahrten

Ziehe ich aus zu einem Land, mein Glück zu suchen,
So weiß ich nicht, was mir zuteilwird:
Ob ich das Glück finde, das ich suche,
Oder das Unglück, das mich sucht.

Geschichte des Schuhflickers Ma'rûf

Der Vogel Blumentriller

Persien

Es war einmal ein König, der hatte drei Söhne; der eine hieß Malik Muhammad, der andere Malik Dschamschid, der dritte Malik Ibrahim. Malik Ibrahim, den Jüngsten, liebte der König am meisten, und wegen der Liebe des Vaters entstand Feindschaft zwischen den beiden anderen Brüdern. Nun geschah es, dass der König erkrankte, und die Ärzte im ganzen Reiche wussten kein Heilmittel gegen diese Krankheit. Endlich sagte einer der Ärzte: »Wir kennen nur ein einziges Mittel, wenn es nur zu finden wäre.« – »Und was ist das?«, fragten die Leute. Der Arzt erwiderte: »Es lebt im Meer ein grüner Fisch, der einen goldenen Ring am Schwänzchen trägt. Wenn dieser Fisch gefangen wird und wenn man ihm den Bauch zerschneidet und die Stücke auf das Herz des Sultans legt, dann wird er sicher genesen.«

Die Königssöhne boten den Tauchern viel Gold an und gingen an das Ufer des Meeres. Nachdem sie einige Tage am Meere entlang hin und her gelaufen waren, gelang es den Tauchern, den Fisch zu fangen. Sie brachten ihn zu Malik Ibrahim. Der Königssohn nahm den Fisch und wunderte sich über seine Schönheit. Auf einmal sah er, dass etwas auf seiner Stirne geschrieben stand, und als er näher zusah, las er die Worte: »Es gibt keinen Gott außer Allah, Muhammad ist der Prophet Gottes, und Ali[1] ist sein Statthalter.« Beim Anblick dieser Schrift wurde Malik Ibrahim tief ergriffen und sagte: »Wenngleich mein Vater durch diesen Fisch seine Gesundheit wiedererlangen würde, könnte ich

---

1 Schwiegersohn des Propheten Mohammed

ihn nicht töten.« Und er warf den Fisch zurück ins Meer. Als die Brüder und die Wesire, welche alle erwarteten, den Fisch in ihre Hände zu bekommen, diese Handlung des Malik Ibrahim erblickten, bissen sie sich die Finger vor Erstaunen und wussten zuerst nicht, was sie dem König darüber vorbringen sollten. Da aber eilten Malik Muhammad und Malik Dschamschid, die nur auf eine solche Gelegenheit gewartet hatten, sofort zu ihrem Vater und erzählten ihm, was sich zugetragen hatte. Der König erzürnte und sagte: »Wenn Malik Ibrahim auf meinen Tod lauert, um zur Herrschaft zu gelangen, will ich ihn von dieser Stunde an nicht mehr als Sohn und Erben anerkennen.«

Die Krankheit des Königs nahm aber dermaßen zu, dass er keinen Augenblick Ruhe hatte. Man bat nochmals denselben Arzt um Hilfe. Er sagte: »Es ist nur noch ein einziges Mittel übrig. Es gibt nämlich einen Vogel, der Blumentriller heißt. Jedes Mal, wenn er singt, lässt er aus seinem Schnabel eine Blume fallen. Ist einer dann so glücklich, diesen Vogel in die Hände zu bekommen, und legt man eine der Blumen, die aus seinem Schnabel herabfallen, auf das Herz des Königs, dann wird die Krankheit aufhören.« Der König küsste beide Söhne auf die Stirn und sagte: »Das Auge meiner Hoffnung ist auf euch gerichtet. Macht euch sofort auf und geht hin, den Vogel Blumentriller zu finden.«

Die Königssöhne machten sich in derselben Stunde für die Reise bereit und zogen von dannen, um den Vogel Blumentriller überall in der Welt zu suchen. Als Malik Ibrahim erfuhr, dass sich seine zwei Brüder auf den Weg begeben hatten, um den Vogel Blumentriller zu finden, nahm er einige Goldstücke mit und ritt ebenfalls zur Stadt hinaus. Unterwegs traf er mit seinen beiden Brüdern zusammen. »Wo geht die Reise hin?«, fragten sie. »Ich suche denselben Vogel wie ihr « – »Gut«, sagten sie, »dann wollen wir zusammen reiten.«

Um kurz zu sein, die Königssöhne ritten viele Tage und Nächte hindurch, bis sie an einen Ort kamen, an dem der Weg in zwei Richtungen auseinanderging. Da war ein Baum und war eine Quelle. Alle drei stiegen von ihren Pferden ab und machten für eine Weile halt, um zu rasten. Als die beiden anderen eingeschlafen waren, erhob sich Malik Ibrahim, um in der Nähe einen Spaziergang zu machen. Plötzlich fiel sein Blick auf eine steinerne Tafel, auf der geschrieben stand: »Diejenigen, die an diesem Kreuzweg vorüberkommen, sollen wissen, dass der Weg nach rechts ohne Gefahr und bequem ist, der Weg nach links aber ist so gefahrvoll, dass den Reisenden keine Hoffnung auf Rückkehr bleibt. Sollte aber dennoch jemand wünschen, auf der linken Straße zu wandern, dann muss er diese Tafel mitnehmen.« Malik Ibrahim merkte sich den Inhalt der Tafel. Er ging zu seinen Brüdern zurück und sah, dass sie noch im Schlafe lagen. Er rief sie wach und sagte: »Leset diese Tafel und wählet einen der zwei Wege.« Nachdem die zwei Königssöhne die Inschrift gelesen hatten, sagten sie: »Wir wollen auf der rechten Straße fortwandern, denn unser Vater erwartet mit Ungeduld, dass wir ihm den Vogel Blumentriller bringen.« Malik Ibrahim aber sagte: »Ich fahre nach links.« Vergebens drangen die Brüder auf ihn ein, um ihn dazu zu bewegen, mit ihnen auf dem Wege nach rechts weiterzureiten. Sie nahmen also voneinander Abschied, die zwei Brüder fuhren nach rechts und Malik Ibrahim nach links. Lassen wir jene ihres Weges ziehen, und hören wir, wie es Malik Ibrahim erging.

Nach einigen Tagen und Nächten gelangte er an das Tor eines sehr schönen und herzerquickenden Gartens. Er ging hinein und sah, dass der Garten dicht voller Obstbäume stand und dass Bäche nach allen Richtungen flossen. Der Königssohn band sein Pferd an einen Baum, streckte seine Hand aus, pflückte einige Äpfel und aß ein paar davon, und die übrigen steckte er in seinen über dem Kreuz des Pferdes festgebundenen Quersack, da er vorsorglich daran dachte, dass er vielleicht an Orte kommen könnte, wo es keine Nahrung für ihn gäbe.

Dann fing er an, ein wenig im Garten herumzuwandeln. Er kam zu einem hohen Gebäude, aber wie sehr er auch umherblickte, so konnte er doch keinen Menschen entdecken. Verwundert stand er da und dachte bei sich: »Wer mag wohl der Besitzer eines solchen mitten in der Wüste gelegenen Gartens sein?« Plötzlich traf das Geplätscher von Wasser sein Ohr. Er blickte sich um und sah ein Mädchen, strahlend wie die Sonne, das am Rande eines Wasserbeckens saß und mit dem Wasser spielte.

Beim Anblick dieses mondgesichtigen Mädchens verlor Malik Ibrahim sein Herz. Im selben Augenblick fiel das Auge des Mädchens auf Malik Ibrahim. Sie erhob sich, ging ihm entgegen und sagte mit freundlicher und weicher Stimme: »O Malik Ibrahim, o meine süße Seele, wie bist du denn hierhergekommen? Jahrelang habe ich deine Ankunft mit Sehnsucht erwartet.« Über die Erwähnung seines Namens mit hundertfacher Verwunderung erfüllt, fragte Malik Ibrahim: »Was ist doch das? Woher kennt dieses Mädchen meinen Namen? Das ist wahrlich ein Rätsel.« Er war aber dermaßen in das Mädchen verliebt, dass er an nichts anderes mehr dachte. Kurzum, sie nahmen sich bei den Händen und gingen in das Schloss hinein, und das Mädchen bemühte sich in jeder Weise, das Herz des Königssohnes zu bestricken.

Unterdessen fiel dem Königssohn ein Gedanke ein. Er erhob sich, um hinauszugehen. Das Mädchen wollte ihn zurückhalten, er aber beschwichtigte sie mit beredter Zunge und ging aus dem Schlosse hinaus. In einer Ecke des Gartens nahm er die Tafel hervor und las die Worte, die daselbst geschrieben standen: »O du, der du den Weg nach links gewählt hast, du wirst in einem schönen Garten ein verführerisches Mädchen antreffen. Sei klug und lass dich vom holden Gesicht des Mädchens nicht betören, denn sie ist in Wirklichkeit eine listige, alte Zauberin, die dich töten will. Du musst dich zuerst liebenswürdig gegen sie erweisen, und wenn sie dir den Vorschlag macht, mit ihr zu ringen, dann gehe darauf ein, aber beim Ringen sollst du ihr das Hemd herabziehen. Sie hat an der linken Seite ihres Körpers ein schwarzes Mal. Gerade an dieser Stelle sollst du deinen Dolch aus allen Kräften in sie hineinstoßen. Nimm dich in Acht, dass du den Stoß nicht verfehlst, sonst wirst du für alle Ewigkeit in einen schwarzen Stein verwandelt werden.«

Der Königssohn legte die Tafel wieder an ihren Platz und kehrte in das Schloss zurück, wo das Mädchen ihn mit großer Ungeduld erwartete. Als sie ihn sah, fing sie wieder an, ihn zu liebkosen. Nach einigen Liebesworten sagte das Mädchen: »Komm, wir wollen miteinander ringen, um zu sehen, wer von uns die größte Kraft besitzt.« Er ging darauf ein, und sie fingen an zu ringen. Der Königssohn merkte, wie sie sich daran machte, einen Zauber auszuüben, und dass sie ihn verwandeln wollte. Er rief Gott an und zog das Hemd des Mädchens herunter. Sie versuchte seinen Angriff abzuwehren, er aber stieß seinen Dolch bis zum Griff in das schwarze Mal hinein. Sofort brach ein Wirbelsturm los mit Donner und Blitz, und Malik Ibrahim wurde vor lauter

Furcht ohnmächtig. Als er wieder zum Bewusstsein kam, sah er den Leichnam eines alten, abgelebten Weibes daliegen. Vom Garten und vom Schlosse war keine Spur mehr zu sehen, nur die dürre, wasserlose Wüste ringsumher. Er dankte Gott, bestieg sein Pferd und setzte seine Reise fort.

Nach einigen Tagen und Nächten kam er an einen Garten, der dem vorigen glich. Er ritt hinein und sah mitten im Garten einen großen See liegen. Draußen auf dem See bewegte sich ein kleines Fahrzeug. Der Königssohn band sein Pferd an einen Baum, löste den Quersack und nahm ihn mit an das Ufer des Sees. Dann schwamm er zu dem Fahrzeug hinüber und schwang sich an Bord. Dort lagen zehn Männer bunt durcheinander, alle mausetot, mit Ausnahme eines einzigen, bei dem noch ein kleines Lebensfünkchen glomm. Malik Ibrahim wollte ihn ausfragen, aber der Mann vermochte nicht zu sprechen.

Da nahm er einige Äpfel aus seinem Quersack hervor und gab sie ihm in kleinen Stückchen zu essen. Der alte Mann, der dem Hungerstode nahe war, fühlte alsbald seine Kräfte wachsen und richtete sich auf. Nun fing der Königssohn an zu fragen: »Woher kommst du, und wer sind diese toten Leute?« Er erwiderte: »Wir sind Leute aus Gulabetun[2]. Wir hatten gehört, dass dem Gebirge Qāf[3] gegenüber eine Stadt liege, dass die Berge daselbst aus reinem Golde seien und dass am Fuße dieser Berge ein Fluss aus Rohsilber fließe. Ich und einige andere vornehme Kaufleute machten uns nun für die Reise bereit, um diese Stadt, von deren Lage wir keine Ahnung hatten, ausfindig zu machen. Fast zehn Jahre sind wir von Stadt zu Stadt, von Land zu Land herum-

2 sagenhaftes Land
3 Gebirge am Ende der Welt / mythischer Berg

gezogen, ohne jemals jener Stadt auf die Spur zu kommen. Zufällig kamen wir vor zehn Tagen an der Pforte dieses Gartens an. Wir gingen hindurch und gewahrten dieses Fahrzeug, und um uns zu belustigen, gingen wir an Bord des Schiffes, das damals am Ufer des Sees lag. Das Schiff setzte sich sofort in Bewegung und brachte uns in die Mitte des Sees. Während dieser zehn Tage ist das Schiff im Kreise herumgefahren, ohne vorwärts- oder zurückzukommen. Es war, als ob es in einen Strudel hineingeraten wäre. Jeden Tag zur Mittagszeit kommt eine Hand aus dem Wasser hervor und zieht einen von uns in die Tiefe hinab, ohne Rücksicht darauf, ob er tot oder lebend ist. Wir waren anfangs zwanzig; die zehn von uns sind schon von der Hand ergriffen worden, und die anderen sind hungers gestorben. Nun fehlt nur noch eine Stunde, bis die Hand sich wieder zeigt.«

Malik Ibrahim zog seine Tafel hervor und las: »Wenn du die erste Hexe getötet hast und in den anderen Garten mit dem See und dem Fahrzeug gekommen bist, nimm dich in Acht, dass du dich nicht von den süßen und einschmeichelnden Worten, die die Besitzerin der Hand zu dir sagen wird, verlocken lässt, denn sie ist die Schwester der ersten Hexe. Du musst die Hand mit allen deinen Kräften pressen, damit der Zauber gebrochen werden kann. Solltest du im Kampfe überwunden werden, würdest du für immer deine Freiheit verlieren.« Der Königssohn legte die Tafel auf ihren Platz zurück und wartete. Plötzlich sah er eine Hand aus dem Wasser kommen, die war so schön und fein wie keine andere, und gleichzeitig hörte er, wie eine Stimme sagte: »Sei mir willkommen, Malik Ibrahim, der du so viel Mühe gehabt hast, um hierherzukommen. Komm nun und lass uns in aller Freundschaft die Hände drücken.« – »Mit dem größten Vergnügen«, erwiderte der Königssohn. Und damit griffen seine Hand und die fremde Hand fest umeinander, und jede zog nach ihrer Seite. Der Königssohn merkte, dass seine Gegnerin ihn immer mehr zu den Wellen hinab zog, und er war nahezu besiegt; da befahl er sich in die Hut Gottes und presste die Finger der Gegnerin so gewaltig, dass die Hand zerquetscht wurde. Genau wie voriges Mal brach ein gewaltiges Sturmwetter los mit Donner und Blitz, und kurze Zeit darauf sahen sie die Leiche einer alten Hexe mitten in einer unermesslichen Wüste liegen, in der sie sich nun befanden. Malik Ibrahim fragte den alten Mann, wohin er zu ziehen gedenke, und jener erwiderte: »Wohin du auch ziehen magst, so will ich dir als dein Diener folgen.« Aber Malik Ibrahim entgegnete: »Dort, wo ich hinziehe, hast du nicht Kraft genug, mir zu folgen. Reise darum, wohin dich gelüstet, und der Friede des Herrn sei mit dir.« Und damit nahmen sie Abschied voneinander.

Malik Ibrahim legte nun wieder ein Stück Weges zurück, bis er an einen Ort kam, an dem sich ein sehr hoher Baum und eine Quelle befanden. Eine große Schar Affen hatte sich unter dem Baum versammelt, und einer von den Affen trug auf seinem Rücken ein Tuch aus Kaschmirwolle, was wohl bedeuten sollte, dass er vornehmer war als die anderen. Hinter dem Baum befand sich ein Brunnen. Der Königssohn zog sogleich seine Tafel aus den Brustfalten seines Gewandes hervor und las, was dort geschrieben stand: »O du, der du auch die zweite Hexe getötet hast, du wirst an einen Baum und einen Brunnen kommen, in dem sich die dritte aufhält. Du wirst in den Brunnen hinabsteigen und durch einen engen Gang hindurch auf eine weite Ebene gelangen, wo ein hohes Gebäude errichtet ist. Geh in das Gebäude hinein; dort triffst du ein Mädchen, das die erwähnte Hexe ist. Sie wird dich mit List und Tücke verlocken, aber du wirfst ihr diese Tafel an die Stirn und zerspaltest ihr den Kopf, wodurch der Zauber gebrochen sein wird.«

Als Malik Ibrahim diese Worte auf der Tafel gelesen hatte, stieg er in den Brunnen hinab, und indem er den Worten der Tafel folgte, schlug er auch die dritte Hexe tot.

Sobald er wieder aus dem Brunnen herausgestiegen war, sah er, dass alle Affen menschliche Gestalt erhalten hatten und zu lauter Mädchen geworden waren, von denen jede einzelne für sich so schön wie die Mondesscheibe war; aber eine war unter ihnen, deren Antlitz Sonne und Mond zugleich beschämte. Sie trug ein Tuch aus Kaschmirwolle. Der Prinz näherte sich ihr und fragte sie, aus welchem Lande sie und die anderen Mädchen stammten und auf welche Weise sie der Hexe in die Hände gefallen wären. Das Mädchen antwortete: »Ich bin die Tochter des Königs der Peri[4], und mein Name ist Maimune Khatun. Eines Tages ging ich mit meinen Sklavinnen vor der Stadt spazieren. Da erblickte ich eine Gazelle mit einem hübsch gefleckten Fell. Ich eilte ihr nach, von meinen Sklavinnen gefolgt, und so jagten wir die Gazelle viele Meilen weit und kamen zuletzt an einen Wald. Auf einmal sahen wir, wie sich die Gazelle im Kreise herumdrehte und zu einem alten hässlichen Weibe wurde, und im Nu hatte sie uns in die Gestalt verwandelt, in der du uns gesehen hast. Als mein Vater erfuhr, was geschehen war, sandte er viele Male seine Heere aus, um die alte Hexe zu bekämpfen, aber sie schlug sie alle mit ihrer Zaubermacht. Gott sei gepriesen, dass du uns nun endlich erlöst hast! Bis an den Jüngsten Tag werden wir uns dir zu Dank verpflichtet fühlen, und du kannst mir glauben, dass mein Vater dir danken wird, wenn er von unserer Befreiung er-

4 feenhafte Wesen der altpersischen Mythologie

fährt.« – »Maimune Khatun«, sprach Malik Ibrahim, »wenn es Gott gefällt, werde ich dich wohlbehalten zu deinem Vater zurückbringen.«

Nun zogen sie alle weiter und kamen in die Stadt der Peri. Maimune ging zu ihrem Vater, und als dieser sein Kind, das er wie seine eigene Seele liebte, erblickte, drückte er sie an seine Brust und fragte sie, wie sie der Gewalt der Hexe entkommen sei. Maimune Khatun erzählte ihrem Vater, wie sich alles zugetragen hatte. Da ließ der König der Peri Malik Ibrahim zu sich rufen, küsste ihn auf die Wangen und sprach: »Mein liebes Kind, ich habe das Versprechen abgelegt, dass der, der Maimune befreie, mein Königreich und meine Tochter bekommen solle, da sie mein einziges Kind ist. Zwar hatte ich einen Sohn, aber als Maimune in die Klauen der Hexe gefallen war, verließ er plötzlich diese vergängliche Welt, aber das Schlimmste an diesem Unglück ist, dass der Leichnam meines Sohnes jeden Morgen, eingehüllt in zerrissene Leichentücher, aus seinem Grabe herausgeworfen ist. Jeden Tag wird er aufs Neue begraben, und am nächsten Tag fängt das gleiche Spiel von vorne wieder an. Ich habe Wächter an das Grab gesetzt, aber bisher hat noch keiner entdecken können, wie die Sache vor sich geht.«

Malik Ibrahim dachte bei sich: »Hier sind bestimmt dieselben Zauberkünste im Spiel.« Dann wandte er sich an den König der Peri und sagte: »Das Beste ist, wir bringen erst die Sache mit dem Peri-Prinzen ins Reine, ehe wir unsere Hochzeit feiern. Wie alles auch zusammenhängen mag, so stecken jedenfalls Hexenkünste dahinter, aber ich werde nicht ruhen, bis ich dieses Rätsel gelöst habe.«

Da gab der Peri-König Befehl, dass man Malik Ibrahim an das Grab des Peri-Prinzen führe. Dort angekommen, schickte er die Diener fort; die konnte er hier nicht gebrauchen. Dann verbarg er sich ganz allein hinter einem großen Stein und sah auf seiner Tafel nach. Da stand geschrieben: »O du, der du auch diese dritte Hexe getötet hast, du wirst in die Stadt der Perl kommen, wo der Sohn des Peri-Königs von zwei Zauberweibern verhext worden ist. Um den Peri-Prinzen zu befreien, musst du ihnen mit einem Schlag beide Köpfe auf einmal abschlagen.« Der Königssohn verbarg die Tafel an seiner Brust, setzte sich hin und wartete. Als die erste Hälfte der Nacht vergangen war, erblickte er zwei verhutzelte alte Weibsbilder, die Zauberworte vor sich hinmurmelten. Das eine hielt in seiner Hand einen Stab, das andere hatte einen dünnen Zweig unterm Arm. Sie gingen auf das Grab zu und fingen mit ihren Hexenkünsten an, indem sie mit dem Munde bliesen und in zwei vierzehnjährige Mädchen verwandelt wurden. Dann streckte die eine ihren Stab über das Grab des Peri-Prinzen aus, und sogleich fiel der Tote aus seinem Grabe heraus. Wieder murmelte sie Zauberworte vor sich hin und blies ihn an, worauf er sich in eine sitzende Stellung erhob. »Sei uns zu Willen«, sagten sie, »oder wir schlagen diese Stöcke auf deinem Leib in Stücke.« Der Peri-Prinz wandte sich fort und weigerte sich, ihren Wünschen gefügig zu sein. Da erhoben die scheußlichen Weiber ihre Stöcke, um sie auf den Leib des Peri-Prinzen herabsausen zu lassen, aber im selben Augenblick schlug ihnen Malik Ibrahim beide Köpfe mit einem Schlage auf einmal ab. Nun brach ein Unwetter los, der Wind heulte, und schreckliche Stimmen erschollen; aber dann wurde die Luft wieder ruhig, und der Peri-Prinz warf sich Malik Ibrahim zu Füßen und rief: »O du, der du mich befreit hast, solange ich lebe, will ich dein gehorsamer Sklave sein.« Dann begaben sich beide Hand in Hand auf das Königsschloss.

Als die Botschaft, dass Malik Ibrahim mit dem Peri-Prinzen auf dem Wege sei, den König erreichte, eilte er barhäuptig und auf bloßen Füßen hinaus, um sie zu empfangen. Zuerst warf er sich vor Malik Ibrahim in den Staub und sprach: »Wir alle sind deine gehorsamen Diener, und das Königreich soll dein sein!« Dann schloss er seinen Sohn in die Arme, und endlich wandte er sich an den Wesir und sprach zu ihm: »Mache alles für Maimunes und Malik Ibrahims Hochzeit bereit und erteile Befehle, dass sich die ganze Stadt zum Feste schmücken soll.« Der Wesir legte als Zeichen seines Gehorsams den Finger aufs Auge.

Kurz und gut, zehn Tage und Nächte schwelgte die Stadt in Fest und Freude. Aber als die Hochzeit gefeiert war, begab sich Malik Ibrahim zum König der Peri und bat ihn um Urlaub, dass er weiterziehen könne. »Willst du uns schon so schnell verlassen?«, fragte ihn der König. Er erwiderte: »Ich muss reisen, denn mein Vater wartet voller Ungeduld auf den Vogel Blumentriller, und wo er auch immer zu finden sein mag, so will ich ihn holen und zu meinem Vater bringen.« Als der König der Peri das Wort Vogel Blumentriller hörte, dachte er ein wenig nach. Dann befahl er, dass man alle Peri im Schlosse zusammenrufen solle, und als sie alle versammelt waren, fragte er: »Ist einer unter euch, der weiß, wo sich der Vogel Blumentriller befindet?« Da trat einer aus der Schar hervor und sprach: »Ich weiß, wo er zu Hause ist. Aber aus Furcht vor den Diwen[5] wagt es keiner, sein Gebiet zu betreten; denn dieser Vogel gehört einer Tochter des Königs der Peri auf dem Berge Qāf, und Tausende von gewaltigen Diwen halten Wacht um ihn. Das Einzige, was ich tun kann, ist, dass ich Malik Ibrahim an

5 Geister / Dschinn

den Ort bringe, wo die Diwe Wache halten.« Der König der Peri wandte sich an Malik Ibrahim und fragte ihn: »Was kann ich hier tun?« Der Königssohn entgegnete: »Gib du nur Befehl, dass man mich an jenen Ort bringe, und dann lass das Übrige meine Sache sein.«

Na, der König gab also Befehl, dass man Malik Ibrahim in das Land der Diwe bringen sollte. Ein Peri verwandelte sich in die Gestalt eines Vogels, nahm Malik Ibrahim auf seinen Rücken und schwang sich mit ihm in die Lüfte. Nach einem Flug von einigen Stunden setzte er ihn wieder auf die Erde und sagte zu ihm: »Nun wage ich es nicht, weiter vorzudringen, aber ich will hier drei Tage auf dich warten, um dich wieder zu Maimune Khatun zurückzubringen; aber wenn du in dieser Zeit nicht wieder hier bist, muss ich annehmen, dass du von den Diwen verzehrt worden bist.«

Malik Ibrahim befahl sich in den Schutz Gottes und ging weiter, ganz heran bis an den Platz der Diwe. Als die Diwe den Geruch eines Menschen in der Luft verspürten, sahen sie sich nach allen Seiten um und erblickten schließlich Malik Ibrahim, und dann stürzten sie alle auf einmal auf ihn los. Aber Malik Ibrahim dachte nicht im Geringsten daran, sich auf einen Kampf mit ihnen einzulassen, denn er wusste nur zu gut, dass das dasselbe wäre, wie zwischen Hammer und Amboss zu geraten. Nein, er brachte viele Entschuldigungen vor und sagte: »Ein ganz dringender Grund nur hat mich zu euch geführt.« Die Diwe, als sie sahen, dass er ein ganz netter junger Mann war, der seine Worte richtig zu setzen verstand, hatten Mitleid mit ihm und fragten ihn, was für ein dringender Grund das denn sei. Er erwiderte darauf: »Ein ganzes Jahr bin ich nun durch Wüsten und über Berge gewandert und habe fünf Hexen getötet; ich bin in das Land der Peri gekommen und habe Verbindungen mit ihnen geschlossen, aber das Ding, das ich ausgezogen bin zu suchen, ist mir noch nicht in die Hände gekommen, und man hat mich an diesen Ort verwiesen, auf dass ich es fände.« – »Was ist es denn, was du suchst?«, fragten die Diwe. »Es ist der Vogel Blumentriller«, erwiderte er. Die Diwe sahen sich an und sagten: »Ja, es ist schon richtig, dass sich der Vogel Blumentriller in der Burg befindet, die da drüben rechts liegt und Tarfe Banu gehört, der Tochter des Peri-Königs auf dem Berge Qāf. Wir alle sind hier zu seiner Bewachung aufgestellt, wie sollten wir ihn da für dich stehlen können? Außerdem dürfen wir die Burg überhaupt nicht betreten. Aber wenn du dir selbst irgendwie den Vogel beschaffen kannst, wollen wir dich gerne von hier aus an jeden beliebigen Ort bringen, den du dir nur wünschst.« Der Königssohn sagte: »Das ist vollauf genug, mehr wünsche ich nicht.«

Da führte ihn einer der Diwe an die Pforte zu Tarfe Banus Garten. Es war helllichter Tag, und alle Leute in der Burg lagen und schliefen. Malik Ibrahim schlich sich sachte, sachte hinein, und indem er der zwitschernden Stimme des Vogels Blumentriller nachging, fand er sich hin zu dem Saal, in dem sich Tarfe Banu befand. Hier sah er ein Mädchen, dessen Schönheit keine Zunge zu beschreiben vermag, auf einem Lager schlafend daliegen, das mit Edelsteinen geschmückt war, die in allen Farben schimmerten. In einem goldenen Käfig, der ihr zu Häupten aufgehängt war, saß der Vogel Blumentriller, und jedes Mal, wenn er seine Triller schlug, fielen süßduftende und schönfarbige Blumen aus seinem Schnabel. Da streckte Malik Ibrahim ruhig seine Hand aus, nahm das Bauer und kehrte auf demselben Wege, auf dem er gekommen war, zu den Diwen zurück. Sie fragten ihn: »Wohin sollen wir dich bringen?«, und er antwortete: »Bringt mich in die Nähe meines eigenen Reiches.« Da nahm ihn einer von den Diwen auf die Schulter, blies wie ein rauchender Schornstein aus seinen Nasenlöchern und fuhr mit ihm in die Höhe. Als sie an den Kreuzweg kamen, an dem Malik Ibrahim die Tafel gefunden hatte, befahl er dem Diw, sich zu senken. Der Diw setzte ihn auf die Erde und gab ihm ein paar von seinen Haaren, damit er sie im Notfalle verbrennen und ihn damit herbeirufen könne, und darauf kehrte der Diw in seine Heimat zurück.

Malik Ibrahim hängte das Bauer mit dem Vogel an einen Baum, setzte sich ein wenig zur Ruhe und fiel darüber in Schlaf. Nun geschah es nicht anders, als dass seine Brüder, die mit leeren Händen von ihrer Suche auf dem Wege zur Rechten zurückkehrten, gerade zu dieser Zeit daherkamen. Als sie den schlafenden Malik Ibrahim und den Vogel im Bauer erblickten, sprachen sie zueinander: »Wenn Malik Ibrahim den Vogel nach Hause bringt, wird unser Vater ihn zweifellos zu seinem Thronerben machen. Besser ist, wir nehmen den Vogel mit und überreichen ihn in unserm eigenen Namen.« Und ohne jegliches Bedenken nahmen sie das Bauer und zogen damit weiter. Als sie dann zu ihrem Vater zurückkehrten, setzten sie das Bauer auf den Boden und gaben ein paar Lügengeschichten zum Besten, die sie sich zusammengebraut hatten, und erzählten von all den Schwierigkeiten und Gefahren, denen sie ausgesetzt gewesen waren, um in den Besitz des Vogels zu gelangen. Da wurde der Sultan froh, küsste seine Söhne auf die Wangen und ließ sie an seiner Seite Platz nehmen. Aber der Vogel öffnete überhaupt nicht seinen Schnabel. Alle, die zugegen waren, wunderten sich darüber, dass er nicht zwitschern wollte, und dann gingen sie zu dem Arzte hin, der geraten hatte, den Vogel herbeizuschaffen, und sagten, nun hätten sie den Vogel, aber er wollte nicht singen. Der Arzt sagte: »Ja, dann ist es klar, dass es nicht diese beiden Prinzen waren, die ihre Mühe gehabt haben, ihn zu finden.« Die Worte des Arztes wurden dem Sultan mitgeteilt, und er fragte seinen Wesir, was er über die Sache dächte. »Ja«, sagte der Wesir, »ich bin derselben Meinung wie der Arzt; es kann nur Malik Ibrahims Werk sein.«

Inzwischen war Malik Ibrahim erwacht, und als er sah, dass das Bauer verschwunden war, wusste er ja gleich, wer hier die Hand im Spiele hatte. Er ritt darum in die Stadt und begab sich in seine eigene Wohnung. Kurz darauf trat der Wesir zu ihm herein und sprach: »Dein Vater lässt dich bitten zu kommen.« Da begab sich Malik Ibrahim in Begleitung des Wesirs zum König, seinem Vater, küsste ehrerbietig den Boden vor seinen Füßen und erhob sich. Aber kaum war der Vogel Blumentriller Malik Ibrahim gewahr geworden, als er auch schon seine Triller schlug und die Blumen ihm aus dem Schnabel fielen. – Und auf diese Weise wurde es allen offenbar, dass es Malik Ibrahim und weder Malik Muhammad noch Malik Dschamschid war, der den Vogel Blumentriller herbeigeschafft hatte. Der Sultan küsste Malik Ibrahim auf die Wangen, nahm seine Krone ab und setzte sie ihm aufs Haupt.

Einen Monat nach dieser Begebenheit kamen die Kundschafter und überbrachten die Meldung, dass ein Lager mit fürstlichen Zelten einige Meilen vor der Stadt aufgeschlagen sei, und dass niemand wisse, was das für ein Lager sei. Der Sultan gab seinem Wesir Befehl, hinauszureiten und die Sache zu untersuchen. Der Wesir machte sich auf und kam am nächsten Tage mit folgendem Bescheid zurück: »Es ist Tarfe Banu, die Tochter des Peri-Königs auf dem Berge Qāf, die gekommen ist, um ihren Vogel Blumentriller zu holen. Sie sagt, dass sie mit niemand anders als mit dem reden will, der ihr den Vogel geraubt hat.« Bei diesen Worten erbleichten alle Anwesenden, selbst der Sultan. Was würde sie wohl mit dem Königssohn anstellen? Aber Malik Ibrahim war guten Mutes. »Ich will selbst hinausgehen«, sagte er, »und sehen, was sie im Schilde führt.« Er schmückte sich und ritt hinaus an den Ort, wo Tarfe Banu ihre Zelte aufgeschlagen hatte.

Als die Botschaft, dass der Königssohn komme, Tarfe Banu erreichte, sprach sie: »Bringet ihn in mein Zelt!« Er trat ein, und Tarfe Banu erhob sich, nahm ihn bei der Hand und ließ ihn an ihrer Seite Platz nehmen. »Junger Held«, sagte sie, »ich habe mir geschworen, dass ich dich heiraten will; nur ein tapferer und mutiger Mann wie du, der sich den Nachstrebungen aller dieser Hexen und Peri und Diwe entzogen und sich zum Herrn über den Vogel gemacht hat, ist würdig, mein Gatte zu sein.« Froh über das unerwartete Glück, das ihm in den Schoß gefallen war, eilte der Königssohn heim zu seinem Vater und sagte: »Macht alles zur Hochzeit bereit!« Der Sultan gab dem Wesir Befehl, alle Vorbereitungen für die Hochzeit zu treffen, und da wurde gefeiert in der Stadt, einen ganzen Monat lang.

Einige Zeit darauf schickte man auch Boten nach Maimune Khatun, und so lebten sie denn alle in Herrlichkeit und Freude, bis der vom Schicksal bestimmte Tod auch sie ereilte.

Sindbad der Lastenträger
und Sindbad der Seefahrer
Märchen aus Tausendundeiner Nacht

Ferner vernahm ich, dass in der Zeit des Kalifen, des Fürsten der Gläubigen Harûn ar-Raschîd, in der Stadt Bagdad ein Mann namens Sindbad der Lastträger lebte, welcher in seiner ärmlichen Lage Lasten für Lohn auf seinem Kopfe trug. Da traf es sich, dass er an einem der Tage eine schwere Last trug; jener Tag aber war sehr heiß, und er schwitzte, von der Last und der Hitze bedrückt. Auf seinem Wege kam er auch an der Tür eines Kaufmanns vorüber, vor welcher gekehrt und gesprengt war und vor der ein laues Lüftchen wehte; da aber neben der Tür auch eine breite Bank stand, setzte er seine Last auf die Bank nieder, um sich auszuruhen und Luft zu schöpfen.

Wie er nun dort rastete, kam ein wohliger Hauch und ein würziger Duft aus der Tür gezogen, der ihm wohltat; und als er sich deshalb auf den Rand der Bank setzte, hörte er im Hause süßes Saiten- und Lautenspiel, entzückenden Gesang und berückenden Vortrag, zu alledem die Vögel, lustig schmetternd und Gott, den Erhabenen, in allerlei Stimmen und Weisen lobpreisend, flöteten und girrten, wie Turteltauben, Sprosser, Amseln, Nachtigallen, Ringeltauben und Steinwälzer. Verwundert hierüber und von mächtigem Entzücken gepackt, trat er an die Tür heran und gewahrte nun in dem Hause einen großen Garten, in welchem er Pagen, Sklaven, Eunuchen, Diener und Dinge, wie man sie sonst nur bei Königen und Sultanen findet, erblickte; und der Brodem von allerlei köstlichen und würzigen Speisen, und der Duft von feinen Weinen kam ihm entgegengezogen. Da erhob er seinen Blick gen Himmel und rief: »Preis dir, o Herr, o Schöpfer und Versorger, der du, wen du willst, ohne zu rechnen versorgst! O Gott, ich flehe dich an um Verzeihung für alle meine Sünden und kehre mich reuig zu dir von all meinen Vergehen! O Herr, keinen Widerspruch gibt's gegen deinen Spruch und deine Allmacht, denn nicht hast du Rede und Antwort zu stehen für dein Tun, und du hast Macht über alle Dinge! Preis dir, du machst reich, wen du willst, und machst arm, wen du willst, und es gibt keinen Gott außer dir! Wie hoch und hehr ist deine Majestät, wie kraftvoll deine Herrschaft und wie schön dein Walten! Deine Huld gewährst du, wem du willst von deinen Dienern, und so führt der Herr dieser Stätte ein Leben herrlich und in Freuden und ergötzt sich an lieblichen Wohlgerüchen, an köstlichen Speisen und herrlichen Weinen aller Art. Denn, fürwahr, für deine Geschöpfe bestimmst du, was du willst und was du für sie im Voraus verhängt hast; so kommt es, dass die einen von ihnen müde sind, während sich die anderen ruhen, und dass die einen im Glück leben, während die andern, wie ich, von Mühsal und Niedrigkeit schwer bedrückt sind.« Alsdann sprach er die Verse:

> Wie viele Elende sind ohne Ruhe,
> Und wie viele, die im Glück leben, ruhen sich
> im Schatten!
> Ich selber bin übermäßig geplagt,
> Meine Lage ist seltsam und allzu schwer meine Last.
> Andere leben im Glück und kennen das Elend nicht,
> Und nie lädt das Schicksal ihnen Lasten wie die
> meinige auf.
> Reichbeglückt leben sie ihr ganzes Leben lang

Und sind fröhlich und geehrt und sitzen bei Speise
und Trank.
Wohl entstehen alle Wesen aus einem Samentröpflein,
Ich bin wie er, und er ist wie ich,
Und doch ist ein großer Unterschied zwischen uns,
So wie der Wein vom Essig verschieden ist.
Doch tadle ich dich nicht mit diesen Worten, o Gott,
Denn du bist weise und waltest in Gerechtigkeit.

Als Sindbad der Lastträger seine Verse gesprochen hatte
und nun wieder seine Last aufladen und fortgehen wollte,
kam mit einem Male ein junger Page mit hübschem Gesicht, von schönem Wuchs und in prächtigen Kleidern aus
der Tür auf ihn zu, fasste ihn bei der Hand und sprach zu
ihm: »Komm herein und entsprich meines Herrn Befehl,
denn er lässt dich rufen.« Der Lastträger hätte es gern abge-
lehnt; da er es jedoch nicht vermochte, setzte er seine Last
bei dem Pförtner im Flur ab und folgte dem Pagen ins Haus,
wobei er bemerkte, dass es ein hübsches, freundliches und
doch vornehmes Haus war. In einen großen Saal blickend,
gewahrte er daselbst eine Gesellschaft edler und vornehmer Herren; daneben befanden sich allerlei Blumen und
wohlriechende Kräuter, frisches und getrocknetes Obst, eine Menge kostbarer Gerichte allerlei Art und Weine von
den erlesensten Reben in dem Raum, und allerlei schöne
Mädchen sangen und musizierten. Jeder der Gäste saß,
nach seinem Rang geordnet, auf seinem Platz, und auf dem
Ehrenplatz saß ein edler und verehrungswürdiger Mann
von hübscher Gestalt und schöner, majestätischer, würde-
und hoheitsvoller Erscheinung, dessen Bart an den Wangen bereits ergraut war. Als Sindbad der Lastträger alles dies
erschaute, sprach er verwirrt bei sich: »Bei Gott, diese Stät-

te ist ein Stück vom Paradiese oder wenigstens das Schloss eines Königs oder Sultans.« Alsdann grüßte er die Anwesenden höflich, wünschte ihnen Segen und küsste die Erde vor ihnen, worauf er demütig und zu Boden gesenkten Hauptes dastand.

Der Hausherr ließ ihn nähertreten und gab ihm Erlaubnis, sich zu setzen; und, als er sich gesetzt hatte, sprach er freundlich zu ihm, hieß ihn willkommen und setzte ihm prächtige, wohlschmeckende und köstliche Speisen aller Art vor, worauf der Lastträger sich an dieselben machte und nach dem Bismillâh[1] aß, bis er genug hatte und satt geworden war; dann sprach er die Worte: »Gelobt sei Gott in jedem Fall!«, wusch sich die Hände und bedankte sich bei ihnen. Der Hausherr erwiderte ihm: »Es ist gern geschehen, und gesegnet ist dein Tag; doch sag mir, wie du heißest und was für ein Handwerk du treibst.« Er antwortete ihm: »Mein Herr, mein Name ist Sindbad der Lastträger, und ich trage die Sachen der Leute auf meinem Kopf für Lohn.« Da lächelte der Hausherr und sagte zu ihm: »Wisse, o Lastträger, dein Name lautet wie der meinige, denn ich bin Sindbad der Seemann; jedoch wünsche ich, o Lastträger, dass du mich die Verse, die du draußen vor der Tür sprachst, hören lässest.« Verlegen antwortete der Lastträger: »Um Gott, ich beschwöre dich, nimm mir's nicht übel, denn Müdigkeit, Plackerei und leere Hände lehren den Menschen unziemliches Benehmen und Unverschämtheit.« Der Hausherr erwiderte ihm jedoch: »Schäme dich nicht, denn du bist mein Bruder geworden; sprich getrost die Verse, da sie mir gefielen, als ich sie von dir vernahm, wie du sie draußen vor der Tür hersagtest.« So trug denn der Lastträger die Verse vor,

1 bedeutende Anrufungsformel

und der Hausherr, dem sie gefielen, sagte entzückt zu ihm: »O Lastträger, wisse, meine Geschichte ist wunderbar, und ich will dir erzählen, was ich alles erlebte und was mir widerfuhr, bis ich zu diesem Glück gelangte und an dieser Stätte, an der du mich hier siehst, sitzen durfte. Denn siehe, zu diesem Reichtume gelangte ich erst nach schweren Plagen und Drangsalen und nach vielen Schrecknissen, und wie viel Plage und Kummer hab ich in frühern Tagen erduldet! Sieben Reisen machte ich, und jede Reise hat ihre wunderbare Geschichte, die wohl des Menschen Gedanken verwirren kann; doch alles dies geschah nach dem Schicksal und Verhängnis, denn vor dem, was einmal geschrieben steht, gibt's kein Asyl und kein Entkommen.«

Sindbads siebente Reise

Märchen aus Tausendundeiner Nacht

»Wisset, Gesellschaft, als ich von meiner sechsten Reise mit großem Gewinn und reichem Profit heimgekehrt war und längere Zeit wie zuvor herrlich und in Freuden und fröhlich und vergnügt Nacht und Tag gelebt hatte, da erwachte in meiner Seele wieder die Sehnsucht, fremde Länder zu schauen, die Meere zu befahren, mich den Kaufleuten beizugesellen und Neuigkeiten zu erfahren. Und so entschloss ich mich hierzu, emballierte feine, für eine Seereise geeignete Waren und zog mit ihnen von Bagdad nach Basra, wo ich ein Schiff, auf welchem sich angesehene Kaufleute befanden, zur Abfahrt bereit antraf. Da stieg ich zu ihnen aufs Schiff und befreundete mich mit ihnen, während wir gesund und wohlbehalten absegelten und mit günstigem Wind unsere Fahrt bis zu einer Stadt zurücklegten, welche den Namen Madînat as-Sîn führte. Fröhlich und vergnügt und miteinander über das Reisen und den Handel plaudernd, hatten wir bisher den Weg zurückgelegt, als mit einem Male ein mächtiger Sturm von vorn her gegen uns losbrach und ein starker Regen auf uns niederkam, dass wir samt unsern Ballen durchnässt wurden und die Ballen mit Filz und Sacktuch bedeckten, damit sie nicht durch den Regen verdorben würden. Zugleich begannen wir, zu Gott, dem Erhabenen, zu flehen und uns vor ihm zu demütigen, auf dass er uns aus unserer gefährlichen Lage befreite. Der Kapitän aber erhob sich und stieg, nachdem er sich fest gegürtet und seine Ärmel zurückgeschlagen hatte, auf den Mast, von wo er nach rechts und links ausspähte, bis er mit einem Male zu uns aufs Schiff niedersah und sich

33

vors Gesicht schlug und den Bart ausraufte. Auf unsere Frage: ›Kapitän, was ist los?‹, rief er uns zu: ›Flehet zu Gott, dem Erhabenen, um Errettung aus der Gefahr, in die wir geraten sind, beweinet euch, und nehmet Abschied voneinander! Wisset, der Sturm ist stärker als wir gewesen und hat uns ins entlegenste Meer der Welt getrieben.‹ Hierauf stieg der Kapitän wieder vom Mast herunter, öffnete seine Kiste und holte aus dieser einen baumwollenen Beutel hervor, aus welchem er, ihn aufbindend, ein Pulver, das wie Asche aussah, zum Vorschein brachte. Dieses Pulver machte er mit Wasser nass und wartete ein wenig, worauf er daran roch. Dann holte er aus derselben Kiste ein kleines Buch hervor und sprach zu uns, nachdem er darin gelesen hatte: ›Wisset, ihr Fahrgäste, dieses Buch enthält eine wundersame Sage, die darauf hinweist, dass jeder, der in diese Gegend gelangt, verloren ist; diese Gegend heißt nämlich das Klima[1] der Könige, und es befinden sich hier das Grab unseres Herrn Salomo, des Sohnes Davids – Frieden auf beide! –, und Schlangen von gewaltiger Größe und entsetzenerregendem Anblick; und auf jedes Schiff, das in diese Gegenden gerät, fährt ein Fischungeheuer los und verschlingt es mit Mann und Maus.‹ Als wir dies vom Kapitän vernahmen, verwunderten wir uns aufs höchste; ehe aber noch der Kapitän ausgeredet hatte, wurde das Schiff hoch übers Wasser gehoben und fuhr dann wieder hinunter in die Tiefe, worauf wir einen fürchterlichen donnerähnlichen Schrei vernahmen, so dass wir uns entsetzten und, zu Tode erschrocken, unsers augenblicklichen Untergangs gewiss waren. Mit einem Male kam ein Fisch, so groß wie ein hoher Berg, auf das Schiff los, so dass wir, entsetzt vor ihm,

1 oder Zone / Gegend

bitterlich über uns weinten und uns zum Sterben anschickten, wobei wir jedoch den Fisch immer im Auge behielten und uns über seine grausige Gestalt verwunderten; plötzlich kam ein zweiter Fisch auf uns los, wie wir bisher noch keinen größeren und fürchterlicher gestalteten gesehen hatten, und, wie wir nun voneinander Abschied nahmen und über unser verlorenes Leben weinten, kam auch schon ein dritter Fisch heran, der noch größer als die beiden andern war. Da verloren wir Verstand und Besinnung und wurden von Furcht und Grausen völlig verstört, während die drei Fische rings um das Schiff schwammen. Schon machte sich der dritte Fisch daran, das Schiff mit Mann und Maus zu verschlingen, als plötzlich ein heftiger Windstoß das Schiff hochhob, worauf es auf ein großes Riff stürzte und zerbrach, dass alle seine Planken auseinanderfielen und alles, was sich an Bord befand, Ballen, Kaufleute und Passagiere, ins Meer sank. Was mich anlangt, so zog ich alle Sachen bis auf ein Stück aus und schwamm eine kurze Strecke, bis ich eine der Schiffsplanken zu fassen bekam; dann schwang ich mich auf dieselbe, setzte mich rittlings auf sie und hielt mich an ihr fest, während Wind und Wellen mit mir spielten und mich bald hochhoben, bald wieder in die Tiefe warfen. In elendester Verfassung und von Furcht, Hunger und Durst gequält, schalt ich mich, nach einem Leben voll behaglicher Ruhe in der Seele ermüdet, über mein Unterfangen und sprach zu mir: ›O Sindbad, o Seemann, du bereust nicht, wiewohl du auf jeder Reise Widerwärtigkeiten und Mühsal auszustehen hast; du lässt das Reisen zur See nicht sein, und, so du es wirklich bereust, so ist deine Reue erlogen. Ertrag daher alle deine Leiden, denn du verdienst alles, was dich betroffen hat, und alles dies ist von Gott, dem Erhabenen, über mich verhängt, dass ich von meiner Habgier ablasse; meine Gier allein hat diese Leiden über mich gebracht, da ich genug Reichtümer besitze.‹ Hierauf kam ich wieder zur Besinnung und sprach bei mir: ›Fürwahr, diesmal bereue ich das Reisen in aufrichtiger Reue vor Gott, dem Erhabenen, und mein Leben lang soll der Gedanke ans Reisen mir hinfort weder auf die Zunge noch ins Herz kommen.‹ So demütigte ich mich unter Tränen unablässig vor Gott, dem Erhabenen, indem ich bei mir meiner frühern Ruhe, Gemächlichkeit und Fröhlichkeit, der Heiterkeit, Zufriedenheit und all der Freuden gedachte, und verharrte zwei Tage lang in dieser Weise, bis ich zu einer großen Insel mit vielen Bäumen und Flüssen gelangte. Ich stieg hier an den Strand und aß von den Früchten der Bäume und trank aus den Flüssen, bis ich mich wieder erholte und Leben in mich zurückkehrte, mein Lebensmut sich stärkte und meine Brust sich ausdehnte. Dann wanderte ich auf der Insel umher, bis ich auf der andern Seite einen großen Strom mit süßem Wasser fand, der mit starker Strömung dahinschoß; da gedachte ich des Floßes, das ich mir zuvor gemacht hatte, und sprach bei mir: ›Ich muss mir hier wieder solch ein Floß machen, vielleicht rette ich mich dadurch aus dieser Lage. Entkomme ich heil, so habe ich meinen Wunsch erreicht, und ich entsage vor Gott, dem Erhabenen, für immer dem Reisen, komme ich jedoch um, so hat mein Herz von all der Mühsal und Plackerei Ruhe gefunden.‹ So erhob ich mich und beschaffte mir Holz von jenen Bäumen, welches alles Sandelbäume der geschätztesten Art waren, wie es ihresgleichen nirgends gibt, ohne dass ich es wusste, flocht Zweige und Gras zu Seilen und band die Hölzer damit zu einem Floß zusammen. Mit den Worten: ›Rette ich mich, so geschieht's durch Gottes Hilfe‹, stieg ich dann aufs Floß und ließ mich von der Strömung forttragen, bis ich mich von der Insel entfernte. Einen Tag und noch einen und einen dritten währte meine Fahrt, während welcher Zeit ich, ohne etwas zu essen, dalag und nur meinen Durst mit dem Wasser jenes Stromes stillte, so dass ich vor Müdigkeit, Hunger und Furcht einem schwindeligen Küchlein glich. Endlich gelangte das Floß mit mir zu einem hohen Berge, unter den der Strom seinen Weg nahm. Als ich dies gewahrte, fürchtete ich für mein Leben, indem ich der engen Schlucht gedachte, durch welche ich auf der vorigen Reise gefahren war, und wollte das Floß anhalten und am Bergabhang absteigen; die Strömung riss mich jedoch fort und trieb das Floß unter den Berg, so dass ich nun, meines Unterganges gewiss, rief: ›Es gibt keine Macht und keine Kraft außer bei Gott, dem Hohen und Erhabenen!‹ Nach kurzer Fahrt trat das Floß jedoch wieder ins Freie hinaus, und ich befand mich in einem breiten Wadi, in welches sich der Strom mit Donnergetöse und Sturmesschnelle ergoss. In meiner Furcht, vom Floß zu fallen, klammerte ich mich fest an dasselbe, während mich die Wellen mitten auf dem Strom nach rechts und links schleuderten. So wurde das Floß von der Strömung immer weiter durchs Wadi fortgetragen, ohne dass ich es aufzuhalten oder ans Land zu steuern vermocht hätte, bis es mit mir an einer reichbewohnten, hübsch erbauten und prächtig anzuschauenden Stadt vorüberkam. Als mich die Bewohner derselben mitten im Strom auf meinem Floß auf den Wellen treiben sahen, warfen sie ein Netz und Stricke über das Floß und zogen es an den Strand, wo ich nun erschöpft von Hunger, Wachen und Furcht wie ein Toter zwischen sie fiel. Da trat ein alter ehrwürdiger Scheich auf mich zu, hieß mich willkommen und warf eine Menge hübscher Kleider über mich, mit denen ich meine Blöße bedeckte. Hierauf nahm er mich und führte mich ins Bad, wohin er mir stärkende Getränke und würzige Wohlgerüche brachte. Nachdem wir das Bad verlassen hatten, nahm er mich zu sich in sein Haus, wo er mich, während seine Hausgenossen mir ihre Freude über meinen Besuch bezeugten, an einem feinen Platz sitzen ließ und mir köstliche Speisen vorsetzte. Als ich mich satt gegessen und Gott, dem Erhabenen, für meine Rettung gedankt hatte, brachten mir seine Pagen heißes Wasser zum Händewaschen und seine Sklavinnen seidene Handtücher, mit denen ich mir die Hände abtrocknete und den Mund wischte. Hierauf erhob sich der Scheich und ließ mir in seinem Hause ein Zimmer für mich ganz allein zurechtmachen, indem er seinen Pagen und Sklavinnen befal, mich zu bedienen und alle meine Anliegen und Bedürfnisse zu erledigen. Während mich dieselben nun aufmerksam bedienten, wohnte ich bei gutem Essen, gutem Trank und guten Wohlgerüchen drei Tage lang in der Gastwohnung bei ihm, bis wieder neues Leben in mir einkehrte, meine Furcht sich legte, mein Herz Ruhe und meine Seele Frieden fand. Am vierten Tage kam dann der Scheich zu mir und sprach: ›Du hast uns durch deinen Besuch erfreut, mein Sohn, und Gott sei gelobt für deine Rettung! Möchtest du nun aber nicht mit mir an den Strand gehen und auf dem Basar deine Ware verkaufen, um für den Erlös dir etwas anderes zu kaufen, womit du Handel treiben kannst.‹ Da schwieg ich einen Augenblick, indem ich bei mir sprach: ›Woher sollte ich Waren haben, und was ist die Ursache dieser Worte?‹ Der Scheich aber sagte nun: ›Mein Sohn, sorge dich nicht, und hänge nicht deinen Gedanken nach, sondern komm mit auf den Basar; bietet dir dort einer einen annehmbaren Preis, so verkaufe deine Ware, bekommst du jedoch kein passendes Angebot, so be wahre sie bei mir in meinen Magazinen bis zu einer bessern Geschäftszeit.‹ Da überlegte ich die Sache, indem ich bei mir sprach: ›Folg ihm und sieh nach, was das für Waren sind‹; dann sagte ich zu ihm: ›Ich höre und gehorche, mein Oheim Scheich, ich kann dir in nichts widersprechen, denn auf all deinem Tun ruht Segen.‹ Wie ich nun mit ihm auf den Basar ging, fand ich, dass er bereits das Floß, auf dem ich gekommen war und das aus lauter Sandelhölzern bestand, auseinandergenommen hatte und durch den Makler ausbieten ließ, während die Kaufleute herbeikamen und, die Pforte des Angebotes öffnend, einer den andern überboten. Als das Gebot die Höhe von zehntausend Dinaren erreicht hatte und die Kaufleute nunmehr zu bieten aufhörten, wendete sich der Scheich zu mir und sagte: ›Höre, mein Sohn, in Zeiten wie diesen ist dies der Preis dieser Ware. Willst du sie dafür verkaufen, oder willst du noch warten, und soll ich dir das Holz in meinen Magazinen aufbewahren, bis der Preis dafür gestiegen ist und wir es dann für dich verkaufen?‹ Ich erwiderte ihm: ›Mein Herr, du hast zu befehlen, tue daher, was dir gut dünkt.‹ Da sagte er: ›Willst du mir das Holz verkaufen, wenn ich dir noch zweihundert Golddinare über das Gebot der Kaufleute hinausgebe?‹ Ich versetzte: ›Ja, ich verkaufe es dir und nehme das Geld in Empfang.‹ Nun befahl er seinen Burschen, das Holz in seine Magazine zu schaffen, und kehrte mit mir wieder nach Hause zurück, wo er mir, nachdem wir uns gesetzt hatten, den ganzen Kaufpreis für das Holz auszahlte; dann packte er das Geld in Beutel, verwahrte es in einem Raum, legte ein eisernes Schloss davor und übergab mir den Schlüssel. Einige Zeit später sagte er zu mir: ›Mein Sohn, ich habe dir einen Vorschlag zu machen, und ich wünschte wohl, du nähmest ihn an.‹ – ›Was ist's?‹, fragte ich. Da sagte er: ›Wisse, ich bin ein alter Mann und habe keinen Sohn; doch habe ich eine junge Tochter von eleganter Erscheinung und dabei sehr reich und hübsch. Ich möchte dich mit ihr verheiraten, dass du bei ihr in unserm Lande bleibst und möchte dir all mein Gut und allen Besitz, den ich unter meiner Hand habe, übergeben; denn siehe, ich bin ein alter Mann, und du sollst an meinen Platz treten.‹ Als ich hierzu schwieg und keine Antwort gab, sagte er zu mir: ›Gehorche mir, mein Sohn, denn siehe, ich habe Gutes mit dir vor. Wenn du mir gehorchst, so verheirate ich dich mit meiner Tochter, und du sollst wie mein Sohn gehalten werden und all mein Gut und Eigentum besitzen; und so du Handel treiben und in dein Land reisen willst, wird dich niemand daran hindern; dieses dein Gut steht unter deiner Hand, tue demnach, was du willst und erwählst.‹ Da sagte ich zu ihm: ›Bei Gott, Oheim Scheich, du bist mir wie ein Vater geworden, und ich habe so viele Schrecknisse durchgemacht, dass mir weder Urteil noch Einsicht geblieben ist; der Befehl ist daher in allem der deine.‹ Infolgedessen befahl der Scheich seinen Burschen, den Kadi und die Zeugen zu rufen, und, als sie erschienen waren, verheiratete er mich mit seiner Tochter und richtete uns ein prächtiges Hochzeitsbankett und ein großes Fest aus. Als er mich dann ihr zuführte, fand ich, dass sie über die Maßen schön und anmutig und von ebenmäßigem Wuchs war und allerlei Schmuckstücke und Gewänder, edle Steine, güldene Kleinodien, Halsbänder und kostbare Juwelen trug, deren Wert sich auf Millionen belief und deren Preis niemand erschwingen konnte. Sie gefiel mir, wir gewannen uns gegenseitig lieb, und ich lebte in größter Freude und Fröhlichkeit mit ihr, bis ihr Vater zu Gottes, des Erhabenen, Barmherzigkeit abschied, worauf wir ihn herrichteten und bestatteten. Alsdann legte ich meine Hand an all sein Eigentum, alle seine Sklaven wurden meine Sklaven und dienten mir unter meiner Hand, und die Kaufleute setzten mich in sein Amt eines Ältesten und Scheichs ein, ohne dessen Wissen und Erlaubnis niemand etwas nehmen durfte. Und so trat ich nun an seine Stelle. Als ich aber mit dem Volk jener Stadt in nähern Verkehr trat, fand ich, dass sie sich in jedem Monat verwandelten und Flügel bekamen, auf denen sie bis zu den Wolken des Himmels emporstiegen, und dass niemand außer den Kindern und Säuglingen in der Stadt zurückblieb. Da sprach ich bei mir: ›Zu Beginn des nächsten Monats will ich einen von ihnen bitten, mich mitzunehmen.‹ Wie nun der folgende Monat anhob und sich ihre Farbe veränderte und ihre Gestalt verwandelte, besuchte ich einen von ihnen und sprach zu ihm: ›Um Gott, ich beschwöre dich, nimm mich mit, dass ich mein Vergnügen mit euch habe und dann mit euch wieder heimkehre.‹ Er erwiderte mir: ›Das ist unmöglich‹; doch drang ich so lange in ihn, bis er hierin einwilligte. Nachdem ich mich mit ihnen verabredet hatte, hängte ich mich an ihn und flog mit ihm auf seinen Schultern, ohne dass einer meiner Hausgenossen oder Sklaven und Freunde etwas davon wusste, so hoch in die Luft, dass ich den Lobgesang der Engel im Himmelsdom vernahm. Verwundert hierüber rief ich: ›Preis sei Gott! Gelobt sei Gott!‹ Kaum aber hatte ich die Worte gesprochen, da fuhr ein Feuer aus dem Himmel und hätte sie fast verbrannt. Infolgedessen flogen sie wieder alle erdwärts und warfen mich auf einen hohen Berg nieder, worauf sie in höchstem Zorn von mir fortflogen, mich auf jenem Berge alleinlassend. Da schalt ich mich über mein Unterfangen und rief: ›Es gibt keine Macht und keine Kraft außer bei Gott, dem Hohen und Erhabenen! So oft ich aus einem Unglück befreit werde, gerate ich in ein größeres.‹ Wie ich mich nun auf jenem Berge befand und nicht wusste, wohin ich gehen sollte, kamen mit einem Male zwei Jünglinge des Weges daher, schön wie Monde, von denen jeder eine goldene Rute in der Hand hielt, die sie als Stab benutzten. Da trat ich auf sie zu, begrüßte sie und fragte sie, nachdem sie mir den Salâm erwidert hatten: ›Um Gott, wer seid ihr, und was ist euer Geschäft?‹ Sie erwiderten: ›Wir gehören zu Gottes, des Erhabenen, Dienern‹; hierauf gaben sie mir eine der Ruten aus rotem Gold, die sie bei sich hatten, und zogen, mich allein lassend, ihres Weges, während ich nun über den Gipfel des Berges schritt, wobei ich mich auf die Rute als Stab stützte und meinen Gedanken über jene beiden Jünglinge nachhing. Mit einem Male kam eine Schlange unter dem Berg hervor, aus deren Rachen ein bis unter den Nabel verschluckter Mann heraussah, welcher laut schrie: ›Wer mich errettet, den wird Gott auch aus aller Drangsal erretten.‹ Da trat ich an die Schlange und schlug ihr mit der goldenen Rute übers Haupt, worauf sie den Mann aus ihrem Rachen ausspie.

Nun trat der Mann an mich heran und sagte: ›Dieweil ich durch deine Hand von dieser Schlange losgekommen bin, will ich mich niemals mehr von dir trennen, und du sollst auf diesem Berge mein Gefährte sein.‹ – ›Gern‹, erwiderte ich, und nun wanderten wir zusammen in die Berge, als ich mit einem Male eine Menge Volks auf uns zukommen sah, unter denen ich den Mann erblickte, der mich auf seine Schultern genommen hatte und mit mir aufwärts geflogen war. Da ging ich auf ihn zu, entschuldigte mich bei ihm und gab ihm gute Worte, indem ich zu ihm sprach: ›O mein Freund, so handeln doch nicht Freunde gegeneinander.‹ Er erwiderte jedoch: ›Du bist's, der uns beinahe ins Verderben gestürzt hätte, als du Gott auf meinem Rücken lobpreistest.‹ Da sagte ich: ›Nimm's nicht übel; ich wusste ja nichts davon, doch will ich hinfort kein Wort mehr sprechen.‹ So ließ er sich denn herbei, mich wieder mitzunehmen, doch verpflichtete er mich dazu, auf seinem Rücken weder den Namen Gottes auszusprechen noch ihn zu lobpreisen; dann nahm er mich auf und flog mit mir wie zuvor, bis er mich zu meinem Hause gebracht hatte. Hier empfing mich meine Gattin und sagte zu mir, nachdem sie mich begrüßt und beglückwünscht hatte: ›Hüte dich, noch einmal mit diesen Leuten auszuziehen und noch ferner mit ihnen zu verkehren, denn es sind Satansbrüder, die nicht wissen, den Namen Gottes, des Erhabenen, auszusprechen.‹ Da fragte ich sie: ›Wie hielt es denn dein Vater mit ihnen?‹ Sie erwiderte: ›Mein Vater gehörte nicht zu ihnen und tat nicht wie sie. Nun aber, wo mein Vater gestorben ist, ist es das Beste, du verkaufst all unsern Besitz, kaufst für den Erlös Waren ein und nimmst mich mit in dein Land und zu deinen Angehörigen, da mich nach dem Tode meiner Eltern nichts mehr in dieser Stadt zurückhält.‹ So verkaufte ich denn Stück für Stück von dem Eigentum des Scheichs, wobei ich zugleich sorgsam ausschaute, ob nicht einer von dieser Stadt reise, dass ich mit ihm ziehen könnte. Da vernahm ich eines Tages, dass eine Anzahl von den Bewohnern der Stadt, welche fortfahren wollten und kein Schiff gefunden hatten, sich Holz gekauft hatten und ein großes Schiff bauten. Auf diese Nachricht mietete ich bei ihnen Plätze zur Überfahrt und brachte, nachdem ich ihnen den Fahrpreis voll ausbezahlt hatte, mein Weib und alle meine fahrende Habe aufs Schiff, alle Häuser und Liegenschaften zurücklassend, worauf wir mit günstigem Wind von Meer zu Meer und von Insel zu Insel fuhren, bis wir wohlbehalten in Basra anlangten, wo ich mir, ohne mich weiter aufzuhalten, sofort ein anderes Schiff heuerte, mit dem ich, nachdem meine Sachen umgeladen waren, nach Bagdad zog. Hier angelangt, suchte ich mein Quartier auf und betrat mein Haus, worauf ich meine Angehörigen, meine Freunde und Lieben empfing und meine Waren in meinen Magazinen unterbrachte. Meine Angehörigen, welche bereits alle Hoffnung auf meine Heimkehr aufgegeben hatten, da sie die Zeit meiner Abwesenheit während meiner siebenten Reise auf siebenundzwanzig Jahre berechnet hatten, verwunderten sich alle höchlichst, als ich wieder zu ihnen zurückkehrte und ihnen alle meine Abenteuer erzählte, und beglückwünschten mich zu meiner wohlbehaltenen Heimkehr. Ich aber gelobte Gott, dem Erhabenen, nach dieser siebenten und letzten Reise, die mir alle Reiselust benommen hatte, nie mehr wieder, sei es zu Land oder Wasser, zu reisen, und dankte Gott – Preis Ihm, dem Erhabenen! –, lobte und pries ihn, dass er mich wieder zu meinen Angehörigen und in mein Land und meine Heimat hatte zurückkehren lassen. Betrachte demnach, o Sindbad, o Landmann, alle Fährlichkeiten und Abenteuer, die ich durchzumachen hatte.« Da sagte Sindbad der Landmann zu Sindbad dem Seemann: »Um Gott, vergib mir mein Vergehen gegen dich.«

Und so lebten sie von nun an fürder in aller Freude, Fröhlichkeit und Zufriedenheit als treue Freunde und Gefährten, bis sie heimsuchte der Zerstörer aller Freuden und der Trenner aller Vereinigungen, der Verwüster der Schlösser und der Bevölkerer der Gräber, der da ist der Becher des Todes. Preis dem Lebendigen, der nimmer stirbt!

Von Glück, Zauberei
und der großen Liebe

Verzage nicht und vergiss der Sorgen alle,
Die Sorgen, sie rauben des Klügsten Verstand.

Der Fischer und der Ifrît

Der Zauberer und sein Lehrling

Türkei

Es war einmal eine Frau und die hatte einen Sohn; wohin die Frau ihren Sohn auch in die Lehre gab, nirgends wollte er bleiben, sondern lief davon. Einmal sagte die Frau ihrem Sohne: »Wohin soll ich dich geben?« Der Sohn antwortete: »Nimm mich mit, gehen wir zusammen; wo's mir gefällt, dorthin gib mich, von dort werde ich nicht fortlaufen.« Die Frau nimmt ihren Sohn und führt ihn auf den Markt; nachdem sie bei einigen Handwerkern vorbeigegangen waren, kommen sie zuletzt zu einem Zauberer.

Der Sohn erblickte ihn und sagte, die Mutter solle ihn zu dem in die Lehre geben. Die Frau trat zum Zauberer, sagte ihm, dass sie ihren Sohn zu ihm in die Lehre geben möchte. Der Zauberer willigte ein und nahm ihn mit. Es vergeht ein Tag, es vergehen fünf Tage und der Zauberer lehrt den Jungen alles, was er kann. Eine Zeitlang beschäftigt sich der Junge damit, als sein Meister ihm eines Tages sagt: »Ich verwandle mich in einen Widder, führe mich auf den Markt und verkaufe mich. Doch den Strick gib nicht hin!« Der Junge sagt: »'s ist gut,« und der Meister verwandelt sich sofort in einen Widder; der Junge führt ihn auf den Markt, übergibt ihn dem Ausrufer, der ihn versteigert. Ein Mann gibt fünfhundert Groschen für ihn und kauft ihn; den Strick aber gibt der Junge nicht hin und begibt sich nach Hause. Wie es Abend wird, entweicht der Meister dem Käufer und kommt nach Hause.

Den andern Tag unterweist der Meister den Jungen wieder, wie tags vorher: »Jetzt verwandle ich mich in ein Pferd; führe mich auf den Markt, doch gib gut acht, damit der

Strick nicht auch mit verkauft werde.« Der Junge antworte-te: »Ich habe alles verstanden.« Sofort führt er den Meister zu Markte, übergibt ihn dem Ausrufer, der den Preis gleich auf tausend Groschen erhebt. Der Junge nimmt samt dem Gelde den Strick und kommt nach Hause. Da spricht der Junge bei sich: »Das habe ich nun erlernt. Wir werden zu Hause sehen, wie ich mir selbst etwas aufhelfen kann« und geht von da zu seiner Mutter. »Nun Mütterchen, was zu ler-nen war, habe ich erlernt. Viel Dank, dass du mich zu die-sem Meister in die Lehre gegeben hast; ich werde recht viel Geld verdienen.« Die arme Frau wusste von allem nichts und sagte: »Was ist's, mein Sohn, was wirst du anfangen? Ich sehe ja nichts bei dir. Ich fürchte, du bist wieder durch-gegangen und führst mich wieder hinters Licht.« »Fürchte nichts, Mütterchen«, sagte der Junge. »Morgen werde ich mich zu einem Bade verwandeln, du wirst mich verkaufen; doch gib acht, dass du den Schlüssel nicht auch mit ver-kaufst, sonst haben wir nichts erreicht und mit mir ist's auch aus.«

Während der Junge seine Mutter so des Öfteren belehrt, entweicht der Meister dem Hause, dem er verkauft wurde und kommt nach Hause. Da sieht er, dass der Junge fort und nicht zu finden ist: »Du Taugenichts! Du hast mich jetzt vollends verkauft! Aber sollst du nur noch einmal in meine Hände geraten, da wirst du's lernen, einen anzuführen!« Die Nacht blieb er noch zu Hause, den andern Morgen aber machte er sich auf den Weg, um den Jungen zu suchen.

Er wandert lang, er wandert kurz und forscht und nicht. Derweil verwandelt sich der Junge in ein schönes Bad, sei-ne Mutter übergibt es dem Ausrufer. Die ganze Stadt war über die Pracht des Bades erstaunt und alles sammelte sich dahin. Der Meister hört auch davon, geht hin und bemerkt, dass das Bad sein Lehrling ist. Er sagt kein Wort, und als die Beys[1], Paschas[2] und andere reiche Leute das Bad zu einem hohen Preise hinauftreiben, bietet der Meister noch eine große Summe darüber; niemand wollte mehr höher und so bekommt er das Bad. Die Frau wird gerufen und als der Meister ihr das Geld überreichen will, erklärt sie, dass sie den Schlüssel nicht hingibt. Wie der Meister das hört, sagte er, dass er das Geld nicht bezahlt, solange er den Schlüssel nicht bekommt und zeigt der Frau viel Geld. »Da kannst du dir einen Schlüssel dafür kaufen, was kann es schaden?«, sagt er und viele Leute fallen ihm bei. Die Frau wusste den Sachverhalt nicht und als sie das viele Geld sah, geht sie darauf ein. Wie sie den Schlüssel übergibt, fühlt der Junge, dass es um ihn geschehen sei, verwandelt sich in einen Vogel und fliegt davon. Der Meister aber wird zu einem Falken und verfolgt ihn. So fliegen sie ein gutes Stück, einander jagend bis in eine andere Stadt, wo der Padischah[3] mit seinen Großen sich im Garten die Zeit vertrieb.

Wie der zum Vogel verwandelte Junge das sieht, wird er plötzlich, um sich zu retten, zu einer schönen roten Rose und fällt dem Schah zu Füssen. Der Schah erblickt die Rose und spricht höchst verwundert zu den Umherstehenden: »Sieh da, welche Jahreszeit ist es denn jetzt, dass ich solch eine Rose gefunden habe? Wie dem immer sei, die Rose ist von Allah; sie ist so schön und duftet so herrlich, nicht einmal zur Blütezeit ist eine ähnliche zu finden.«

Der Meister, der in einen Falken verwandelt war, nimmt wieder Menschengestalt an und kommt, die Laute in der

1 türkischer Herrschertitel
2 Titel hoher Offiziere und Beamter
3 Titel islamischer Fürsten

Hand, das Windspiel hinter ihm, als ein Minnesänger hingegangen und geht seine Lieder singend und die Laute schlagend, als wenn er nur lustwandelte, hin zum Schah. In seinen Liedern bittet er den Schah um die Rose; doch der Schah sagt: »Mensch, was sagst du doch! Die Rose ist mir von Allah gegeben. Du begegnest uns von ungefähr, ein Landstreicher, der du bist; wie kannst du mir die Rose abverlangen?« Der Meister versetzte dagegen: »O mein Schah! Mein Handwerk ist offenbar; ich habe mich in die Rose, die du hältst, verliebt. Ich suche sie schon lange Jahre hindurch und konnte sie bisher nicht finden. Wenn du sie mir nicht gibst, töte ich mich. Wird das nicht schade sein? Ich verfolge sie über Berge und Felsen, und jetzt gerät sie einem so mildherzigen Padischah in die Hände; hast du mit mir Armen kein Mitleid, der ich um ihre Liebe Seele und alles verloren habe? Ziemt es dir wohl, mich so zu betrüben? Bis du mir die Rose nicht gibst, weiche ich nicht von der Stelle.« So überredet er den Schah, der sagte: »Was kann an einer Rose gelegen sein, möge der Unglückselige sein Ziel erreichen« und übergibt ihm die Rose.

Die Rose fällt aber aus des Schahs Händen zur Erde, verwandelt sich in Hirsebrei und verfällt in viele Körner. Der Meister verwandelt sich sofort in einen Hahn und liest den Hirsebrei auf. Ein Körnchen aber war an dem Schah unter die Füße gefallen, dies hatte der Hahn nicht sehen können. Das Hirsekorn wird wieder zu einem Menschen, packt den Hahn und reißt ihm den Kopf ab, mit einem Worte, tötet den Meister. Der Schah ist sehr erstaunt und erkundigt sich um die Lösung des Rätsels. Da erzählt nun der Junge die ganze Geschichte von Anfang bis zu Ende. Dem Schah gefällt die Kunst des Jungen, der sonst auch ein gefälliges Äußeres hatte, und ernennt ihn zu seinem Großwesir. Er hatte auch eine Tochter, die gibt er ihm zur Frau und die Hochzeit wird vierzig Tage und vierzig Nächte hindurch gefeiert. Der Junge nimmt auch seine Mutter zu sich und da sie nun aller Armut enthoben sind, leben sie von nun an herrlich und in Freuden.

Die wunderbare Heilung

Syrien

Es war einmal zur Zeit des berühmten Wunderheilers Lukman ein Mann, der hatte eine kranke Tochter. Da sprach der Mann: »Kommt, lasst uns gehen und sie zu Lukman bringen, damit er uns das Medikament für ihre Heilung nennt.«

Sie gingen zu ihm und nahmen das kranke Mädchen mit. Sie legten einen Weg von mehr als zwei Monaten zurück, bis sie bei ihm ankamen. Als sie bei ihm ankamen, sagten sie zu ihm: »Die Sache ist so und so, dieses Mädchen ist krank, und wir möchten, dass du sie untersuchst und uns das Medikament gibst, das für sie gut ist.«

Da schaute er nach – früher gab es Flaschen, und jeder, der eine Krankheit hatte, dem kochte er das Medikament in einer Flasche. Er wusste nämlich, welches Medikament für welche Krankheit gut ist. Er begann, die Flaschen anzuschauen, fand aber kein Medikament für sie. Er sagte zu ihnen: »Für dieses Mädchen habe ich kein Medikament. Bringt sie in eure Heimat zurück.«

Da trugen sie das Mädchen weg und nahmen sie mit, um in ihre Heimat zurückzukehren.

Als sie zurückkehrten, rasteten sie unterwegs an einem Ort in der Wüste und sagten zueinander: »Warum lassen wir sie nicht in dieser Wüste, damit sie hier stirbt, das ist besser, als wenn wir sie mitnehmen und uns zu Hause mit ihr abmühen.«

Sie waren alle damit einverstanden. Es gab einen Steinhaufen an ihrem Wege, und sie setzten dieses Mädchen auf diesen Steinhaufen und sprachen zueinander: »Kommt, wir melken für sie etwas Milch von der Kamelstute und stellen sie vor sie hin, damit sie nicht vor Hunger stirbt. Vielleicht versorgt Gott sie weiter mit Essen.«

Sie suchten nach Gefäßen, um hineinzumelken, aber sie fanden kein Gefäß. Als sie herumsuchten, fanden sie einen Schädel und wussten nicht, ob es der Kopf eines Mannes oder einer Frau war, aber der Eigentümer des Schädels war schon lange tot. Es war ein Totenkopf. Sie molken die Milch von der Kamelstute in diesen Totenkopf, stellten ihn vor sie hin und verließen sie.

Als sie ihre Tochter verlassen hatten und gegangen waren, blieb sie alleine zurück. Sie schaute von diesem Steinhaufen herab, da kam eine von diesen großen Schlangen aus dem Steinhaufen heraus und begann, ihr Gift in die Milch zu entleeren, die in diesem Totenschädel war. Das Mädchen war erfreut darüber und sprach: »Es ist gut so! Ich werde von dieser vergifteten Milch trinken und sterben, denn ich will nicht mehr weiterleben.«

Dieses Mädchen war aber gelähmt und konnte überhaupt nicht gehen. Sobald sie jedoch die Milch getrunken hatte, starb sie nicht, sondern stand auf und begann zu laufen, um ihre Angehörigen einzuholen. Sie lief immer weiter, bis sie ihre Angehörigen eingeholt hatte. Sie fragten sie: »Was ist mit dir geschehen? Wie steht es mit dir? Wie ist das passiert?«

Sie erzählte ihnen, was mit ihr geschehen war. Da sprachen sie: »Wir müssen zu Lukman zurückkehren, um ihn zu fragen, wieso er kein Medikament hatte und dieses Mädchen trotzdem gesund wurde.«

Sie nahmen das Mädchen und kehrten zu Lukman zurück.

Als sie bei ihm ankamen, sprachen sie zu ihm: »Wie konntest du uns sagen, für dieses Mädchen gäbe es keine

Medizin, und doch wurde das Mädchen gesund? Wir hatten sie mit auf den Weg genommen, und dann hat sich die Sache so und so abgespielt.«

Er sagte zu ihnen: »Ja, ich kenne das Medikament, aber ich habe es nicht. Wie sollte ich für euch eine Schlange finden, die tausend Jahre alt geworden ist, und wo sollte ich für euch eine Kamelstute melken, die noch keine jungen Kamele zur Welt gebracht hat, und woher sollte ich für euch einen Schädel nehmen, der von einer Jungfrau stammt. Ich war nicht in der Lage, diese Sachen zu beschaffen, ich hatte sie nicht.«

Und das war das Medikament, und die Geschichte ist zu Ende.

Die Geschichte eines Sufis von Bagdad

Irak

Unter der Regierung des hochberühmten Kalifen Harun al-Raschid lebte in Bagdad ein Sufi, der den Genuss und das Wohlleben liebte; da aber die Almosen, die er von den Gläubigen erhielt, kaum genügten, sein bloßes Leben zu fristen, nahm er seine Zuflucht oft zu Listen, die ihm glückten.

Unter anderm stellte er sich eines Tages vor dem Palaste des Kalifen ein, und als ihn dort ein Pförtner fragte, was er wünsche, entgegnete er, er möge Harun al-Raschid sagen, dass er nicht vergessen dürfe, ihm an jenem Tage tausend Golddinare zu schicken. Der Pförtner lachte ob dieser Antwort, und da er den Sufi für einen Narren hielt, so sprach er in spöttischem Ton zu ihm: »O mein Bruder, ich werde mich dieses Auftrags pünktlich entledigen; doch ich bitte dich, sage mir noch, wo du wohnst, auf dass man dir die genannte Summe bringen könne.« Der Sufi also nannte ihm seine Wohnung und zog sich in ernster Würde zurück.

Der Pförtner folgte ihm mit den Augen, bis der Sufi seinem Blick entschwand. Dann erzählte er einigen Dienern des Palastes von dem Vorfall, und alle lachten sehr darob und fanden, dass die Geschichte verdiente, auch dem Kalifen berichtet zu werden. Als nun der Beherrscher der Gläubigen diesen Bericht vernommen hatte, lachte er gleichfalls und gab seinen Würdenträgern Befehl, diesen Menschen aufzusuchen und ihn zu ihm zu führen.

Die Würdenträger fanden den Sufi in dem Hause, das er dem Pförtner des Palastes angegeben hatte; und als sie ihm sagten, dass der Kalif ihn zu sehen wünschte, begab er sich mit ihnen in den Palast, wo er kühn vor Harun al-Raschid hintrat. Sprach der Kalif zu ihm: »Wer bist du, und weshalb soll ich dir tausend Golddinare geben?« – »O Beherrscher der Gläubigen«, erwiderte der Sufi, »ich bin ein Unglücklicher, dem es an jeglicher Notdurft des Lebens mangelt. In letzter Nacht nun richtete ich, da mein Geist von meinem Elend verbittert und wider mein arges Schicksal empört war, diese Klage an Allah: ›O mein Gott‹, sprach ich, ›woher kommt es, dass du mir alles versagst, während du den glücklichen Harun al-Raschid mit Gütern überhäufst? Was hat er getan, um solche Gunst zu verdienen? Und was habe ich getan, dass du mich so mit deinem Grimme verfolgst? Ich bin ein redlicher Mann, und er ist vielleicht so vielen Reichtums unwert.‹ Und während ich also klagte, vernahm ich eine Stimme vom Himmel, die zu mir sprach: ›Halt inne, Verwegener, halt inne. Wenn du wider dein Schicksal murrst, so nenne nicht Harun al-Raschid in deinen Reden; sehr zu Unrecht bezweifelst du, dass der Fürst der wahren Gläubigen das Glück, das er genießt, verdient. Er ist ein tugendhafter König, und er würde dir helfen, wenn er von deinem Elend unterrichtet wäre. Stelle seine Großmut auf die Probe, und du wirst erkennen, dass er durch seine Tugend noch höher über den Menschen steht als durch seinen Rang.‹ Als ich das vernahm, o mein Herr«, fuhr der Sufi fort, »hielt ich in meinen Klagen inne, und heute Morgen stellte ich mich vor dem Tor deines Palastes ein, um deine Großmut zu erproben, indem ich tausend Dinare von dir erbat.«

Der Kalif brach ob dieser Rede in ein Gelächter aus, bewunderte die Schlauheit des Sufis und ließ ihm zweitausend Dinare geben. Mit diesem Gelde zog sich der Sufi alsbald zurück, und da er sofort begann, im Wohlleben zu schwelgen, so verfehlte er nicht, die Summe, obwohl sie ziemlich beträchtlich war, in sehr kurzer Zeit zu vergeuden.

Kaum aber sah er sich wieder zu seiner einfachen Lebensweise gezwungen, so wandte er wiederum seine Listen an. Er erfuhr, dass der Kalif leidenschaftlich den Propheten Elias zu sehen wünschte und dass er dem, der ihn ihm zeigen würde, eine hohe Belohnung bot. Mehr bedurfte es nicht, um den Sufi dahin zu bringen, dass er sein Gewerbe übte.

Er suchte Harun auf und sprach zu ihm: »O Beherrscher der Gläubigen, ich werde dir in drei Jahren den Propheten Elias zeigen, wenn deine Hoheit mir bis dahin ein Jahrgeld auswirft, von dem ich leben kann. Ich verlange eine gutbestellte Tafel und vier der schönsten Sklavinnen aus deinem Harem.«

»Ich gewähre dir beides«, erwiderte der Kalif; »aber bedenke auch, was du mir versprichst. Ich warne dich; wenn ich in drei Jahren nicht den Propheten Elias sehe, so lasse ich dir den Kopf abschlagen.« Der Sufi fügte sich dieser Bedingung, denn er sprach bei sich selber: »Der Kalif wird mir meinen Trug vergeben, oder es wird sich irgendetwas ereignen, was bewirkt, dass er in Vergessenheit gerät. Inzwischen werde ich drei Jahre in Überfluss und in Freuden verleben.« Harun ließ ihm ein Gemach im Palast anweisen und gab Befehl, dass ihm nichts von allem, was er begehren würde, verweigert werden sollte.

Die drei Jahre nun verstrichen, und da der Kalif den Propheten Elias immer noch nicht gesehen hatte, so sprach er zu dem Sufi: »Wir haben vereinbart, dass ich dir den Kopf abschlagen ließe, wenn ich nach drei Jahren nicht den Propheten Elias sehen würde. Die drei Jahre sind verstrichen, du hast mir Elias nicht gezeigt, und also musst du sterben.« Da nun der Sufi auf diese Worte nichts zu erwidern hatte, wurde er in den Kerker geworfen, und soeben stand der Henker im Begriff, ihm sein Leben zu nehmen, als es ihm gelang, die Wachsamkeit seiner Wächter zu täuschen und zu entschlüpfen. Er verbarg sich auf dem Totenacker in einer Höhle, deren Eingang ihm bekannt war.

Dort überließ er sich den grausigsten Gedanken, als plötzlich ein weißgekleideter Jüngling von herrlicher Schönheit vor seinem traurigen Blick erschien und ihn fragte, was ihn gezwungen hätte, sich an einem solchen Orte zu verbergen. Der Sufi aber erwiderte auf diese Frage nur durch einen Seufzer. »Fürchte nichts«, fuhr der Jüngling fort; »ich komme nicht hierher, um dir ein Leid anzutun. Ja ich bin gesonnen, dir zu dienen. Nenne mir den Gegenstand deiner Sorge und des Schreckens, den ich in deinen Augen lese; vielleicht kann ich dir mehr von Nutzen sein, als du denkst.«

Obwohl nun der Sufi allen Grund hatte, jedem zu misstrauen, so fühlte er doch irgendwie ein Vertrauen in sich keimen, das jegliche Befürchtung vertrieb. Er erzählte dem Jüngling alles, was zwischen ihm und Harun al-Raschid vorgefallen war; und als er geendet hatte, ergriff der Jüngling das Wort und sprach zu ihm: »Ich habe von diesem Abenteuer bereits vernommen, und ich will dir offen sagen, dass ich nicht umhinkann, dich zu tadeln; der Könige darf niemand spotten. Freilich sind sie auch nur Menschen, aber Gott hat sie über die andern gestellt; wir sollen sie auf Erden als die vollkommensten Abbilder seiner göttlichen Allmacht ehren; und wer sie betrügt, der begeht ein Verbrechen, das die schwerste Sühne verdient. Trotzdem aber will ich dir behilflich sein; folge mir, ich will den Kalifen für dich um Gnade bitten, und ich bin fest überzeugt, dass ich sie dir erwirken werde.«

Durch diese Worte fühlte der Sufi sich vollkommen beruhigt; er folgte dem Jüngling; und als der ihn vor Harun l-Raschid geführt hatte, sprach er zu ihm: »O Beherrscher der Gläubigen, ich bringe dir den Sufi, der dich betrogen hat. Ich habe ihn aus dem Versteck geholt, in dem er sich verborgen hatte, und ich komme, um ihn deiner Gerechtigkeit auszuliefern; bestrafe ihn, denn er hat es verdient.« Der Sufi erstaunte in höchstem Staunen, als er seinen Führer derart reden hörte. »O Himmel«, sagte er außer sich vor Schrecken, »wie trügerisch aller Schein doch ist! Wer hätte den Zügen eines so schönen, edlen Jünglings nicht vertraut? Wer hätte ihn wohl eines so schwarzen Verrats für fähig gehalten?«

Der Kalif nun saß auf einem Lager, und sowie er den Sufi gewahrte, konnte er eine Regung des Grimmes, der ihn beherrschte, nicht unterdrücken. »O du Halunke«, rief er, »du Sünder, der du dich durch deine Flucht zum zweiten Mal schuldig machtest, jetzt sollst du unter den furchtbarsten Qualen sterben!« Er hatte diese Worte im Tone der Wut gesprochen und sich dabei unter so heftigen Gesten bewegt, dass sein Lager, dessen einer Fuß kürzer war als die andern, umstürzte und ihn in seinem Sturze mitriss. »Gut«, sagte da der Jüngling, der den Sufi begleitete, »ein jedes Ding hat seine Ursache.« Ein Diener beeilte sich alsbald, den Kalifen wieder aufzuheben, und dabei fasste er ihn so hart am Arme an, dass er einen Schrei ausstieß. »Gut«, sagte der Jüngling, der schon einmal gesprochen hatte, »ein jedes Ding hat seine Ursache.«

Als nun Harun al-Raschid sich wieder erhoben hatte, wandte er sich dreien seiner Wesire zu, die anwesend waren, und sprach zu ihnen: »O Wesire, was sollen wir mit diesem Sufi beginnen?« Versetzte der erste Wesir: »O Beherrscher der Gläubigen, wir müssen diesen Betrüger vierteilen und an eine Zeltstange hängen, um die andern Menschen zu lehren, dass niemand Könige belügen darf.« Da ergriff der junge Führer des Sufis das Wort und sprach: »Dieser Wesir hat recht, denn ein jedes Ding hat seine Ursache.« Der zweite Wesir aber war nicht der Ansicht des ersten. »Ich wollte«, sprach er, »man kochte ihn lebendig in einem Kessel und würfe ihn dann den Hunden als Fraß vor.« Und als der Jüngling das hörte, sprach er: »Dieser Wesir hat recht, denn ein jedes Ding hat seine Ursache.« Der Kalif fragte schließlich auch den dritten Wesir, der wiederum anderer Meinung war. »O unser Herr«, sprach er, »das Beste ist, wenn deine Hoheit dem Sufi vergibt und ihn in Freiheit setzen lässt.«

»Vortrefflich«, rief der junge Mann zum dritten Mal, »ein jedes Ding hat seine Ursache.«

»O Jüngling«, sagte da Harun, indem er den Führer des Sufis fest ansah, »weshalb hast du diese Worte so oft wiederholt? Meine drei Wesire waren sämtlich unterschiedlicher Meinung, und trotzdem sagtest du, nachdem ein jeder von ihnen gesprochen hatte: ›Dieser Wesir hat recht, denn ein jedes Ding hat seine Ursache.‹ Wenn du also sprachst, so steckte eine geheime Absicht dahinter, und also erkläre mir, was du meintest.« – »O König«, erwiderte der Jüngling, »deine Hoheit ist gefallen, weil das Lager, auf dem du saßest, einen Fuß hat, der kürzer ist als die andern drei; und da ein Hinkender dieses Lager gemacht hat, so sagte ich alsbald: ›Gut, ein jedes Ding hat seine Ursache.‹ Der Diener, der dich aufhob und so hart am Arme packte, war der Sohn eines Gliedereinrenkers, und also sagte ich: ›Gut, ein jedes Ding hat seine Ursache.‹ Als dann der erste Wesir seine Meinung dahin abgab, dass der Sufi auf eine Zeltstange gesteckt werden müsste, sagte ich: ›Gut, ein jedes Ding hat seine Ursache‹, weil dieser Wesir der Sohn eines Fleischers st. Die gleichen Worte wiederholte ich, als der zweite Wesir eine andre Meinung vernehmen ließ; denn da er der Sprössling eines Koches ist, so konnte er keinen Wahrspruch fällen, der besser mit seiner Herkunft im Einklang gestanden hätte. Der dritte aber, der dir anriet, Verzeihung zu üben, ist von edler Geburt, und deshalb sagte ich wiederum, dass jegliches Ding seine Ursache hat.

O unser Herr«, fuhr der Jüngling fort, »nachdem ich dir diese Aufklärung gegeben habe, muss ich dir noch eine weitere geben. Erfahre, dass ich der Prophet Elias bin. Du sehnst dich seit so langer Zeit darnach, mich zu erblicken, dass ich dir die Befriedigung deines Wunsches nicht abschlagen wollte. Aber bedenke auch, dass ich damit ein Versprechen erfülle, das der Sufi dir in seiner Verwegenheit gegeben hat.« Und kaum hatte der Jüngling also gesprochen, so war er auch schon verschwunden. Der Kalif freute sich in höchster Freude, dieweil er Elias gesehen hatte; er vergab dem Schuldigen und warf ihm sogar ein Jahrgeld aus, damit ihn die Not nicht länger zwänge, Schelmenstreiche zu begehen, um in Ruhe leben zu können.

Vom Hirten,
der die Liebe lernen wollte
Pakistan

Es war einmal ein junger Hirt, der weidete tagaus, tagein
seine Schafe vor den Mauern der Stadt. Immer saß er auf ei
nem Stein, der am Rande eines Weges stand. Bei dem kan
eines Tages ein Heiliger vorbei, und die beiden kamen mit
einander ins Gespräch. Und als sie lange geredet hatten, d
fragt der Hirt den Heiligen: »Sagt mir, wie wird man ei
Heiliger, auch ich möchte werden wie Ihr und so viel vo
Gott und der Welt wissen wie Ihr!«

Da schwieg der Heilige ein Weilchen und sagte dan
ernst: »Wenn du wirklich Heiliger werden willst, so muss
du erst lernen, was Liebe ist. Dann erst wirst du die Wel
verstehen und kannst in das Wissen Gottes eingeweih
werden.«

Der Hirt lief in die Stadt und ging zu einer alten Fra
und bat sie: »Lehre du mich die Liebe, ich möchte die Lieb
lernen.«

Da lacht die Alte und sagt: »Das kann ich nicht. Geh i
den Palast des Statthalters, dort wird man dir zeigen, wa
Liebe ist.« Und der Hirt, nicht ahnend, was ihn erwartet
macht sich auf zum Palast des Statthalters.

Dort lief er geradewegs in den Garten, wo die Töchte
des Statthalters mit ihren Freundinnen spielten. Die frag
ten den Jüngling: »Was willst du bei uns?«

Und der Hirt antwortet: »Ich bin ausgezogen, um die Lie
be zu lernen. Kann eine von euch mich die Liebe lehren?«

Da lachten sie alle, und eine Tochter – die Schönste unte

hnen – sagte: »Wohlan, ich lehre dich Liebe. Du legst dich
schlafen, dann töte ich dich.«

Und sie rief nach ihrer Lieblingsdienerin, die musste ihr
Schwert bringen, und die schönste Tochter des Statthalters
tötete den Hirten.

Als sie ihn getötet hatte, gebot sie, ihn im Garten des Palastes zu begraben; und die Lieblingsdienerin begrub ihn
unter einem Baum. Doch begrub sie ihn nicht ganz, sondern schnitt sich ein Stück Fleisch aus seiner Lende. Sie ging
damit zu einem Metzger und sagte: »Dies ist Hammelfleisch, ich esse aber kein Hammelfleisch. Gib mir bitte dafür Ziegenfleisch.«

Und der Metzger gab ihr dafür ein Stück Ziegenfleisch.
Das Stück Fleisch aus der Lende des Hirten aber verkaufte
er an das Haus eines reichen Kaufmanns.

Und als die Frau des Kaufmanns das Stück Fleisch in die
Pfanne legte, um es zu braten, da verbrannte sie sich die
Hand und jammerte: »Hae, hae, tut mir das weh!«

Da fing das Stück Fleisch in der Pfanne an zu reden und
sagt:

Den Liebenden, den tötete das Schwert
Und er hielt still.
Dich brannte nur ein wenig Feuer
Und du wehklagst.

Da erschrak die Frau des Kaufmanns und nahm das Stück
Fleisch aus der Pfanne. Sie erzählte die Geschichte ihren
Dienerinnen, und bald erfuhr der Statthalter davon. Der
fragt die Frau: »Woher hast du das Stück Fleisch?«

Und sie sagte: »Vom Metzger.« Und der Statthalter ließ
den Metzger aus seinem Laden holen und ihn gebunden

sich vorführen. Er fragte ihn: »Woher nahmst du das Stück Fleisch?« und zeigte ihm das Stück Fleisch aus der Lende des Jünglings.

Da sagte der Metzger: »Dies brachte mir die Dienerin Eurer Tochter.«

Als der Statthalter die Rede des Metzgers gehört hatte, ging er zu den Frauengemächern und fragt seine Töchter und die Dienerinnen: »Woher stammt dieses Stück Fleisch?«

Und sie alle erzählten von dem jungen Hirten, der die Liebe lernen wollte. Da befahl der Statthalter, den Leichnam wieder unter dem Baum auszugraben, und setzte selbst das fehlende Stück Fleisch in seine Lende.

Als er fertig war, sagte er zu seiner Tochter, von der man sagte, dass sie die Schönste sei: »Du, lege deine Hand auf seine Stirn und küsse seinen Mund!«

Und die Tochter tat, wie ihr der Vater geheißen. Sie legte die Hand auf des Hirten Stirn und küsste seinen Mund. Da erwachte der Hirt wieder zu neuem Leben, verließ die Stadt und ging zum Heiligen. Der aber sagte: »Wahrlich, es ist dir gelungen, die Liebe zu lernen. Von jetzt an bist du mein Schüler.«

Von Träumen
und unermesslichen Schätzen

Wer Hohes erstrebt, muss sich mühen auf Erden;
Wer nach Ruhm verlangt, verbringt die Nächte ohne Schlaf;
Wer Perlen sucht, muss tauchen ins Meer,
Und Herrschaft und Gewinn belohnten seine Müh'.
Wer aber Ruhm begehrt und die Mühe scheut,
Der vertut sein Leben mit unerfüllten Wünschen.

Die Geschichte Sindbads des Seefahrers

Ali Baba und die vierzig Räuber

Märchen aus Tausendundeiner Nacht

n alten Zeiten und in längst entschwundenen Tagen wohnten in einer Stadt Persiens zwei Brüder, von denen der eine Kâsim und der andre Ali Baba hieß, die bei dem Tode ihres Vaters das kleine Gut, das er ihnen hinterließ, untereinander zu gleichen Teilen verteilt und keine Zeit, es völlig durchzubringen, verloren hatten. Der Ältere freite indessen die Tochter eines vermögenden Kaufmanns, so dass er, als sein Schwiegervater zu Gottes, des Erhabenen, Barmherzigkeit abschied, der Besitzer eines großen, mit seltenen Gütern und kostbaren Artikeln angefüllten Ladens ward, sowie eines Lagerhauses, das voll von kostbaren Stoffen war. Ebenso fiel ihm eine Menge in der Erde vergrabenes Gold zu, so dass er in der ganzen Stadt als ein reicher Mann bekannt war. Die Frau, die Ali Baba geheiratet hatte, war jedoch arm und mittellos, weshalb sie in einer schäbigen Hütte lebten, und Ali Baba verdiente sich nur ein kärgliches Brot durch den Verkauf von Brennholz, welches er täglich in der Dschangel sammelte und durch die Stadt auf seinen drei Eseln in den Basar schaffte.

Eines Tages traf es sich, dass Ali Baba hinreichend dürres Reisig und Brennholz gesammelt und auf seine Esel geladen hatte, als er plötzlich zu seiner Rechten eine Staubwolke aufwirbeln und schnell auf sich zukommen sah. Als er sie genauer betrachtete, gewahrte er einen Reitertrupp, der im Galopp herangesprengt kam und ihn fast erreicht hatte. Bei diesem Anblick erschrak er gewaltig und fürchtete, es könnte eine Banditenschar sein, die ihn erschlagen und seine Esel forttreiben wollten, und begann fortzulaufen. Da sie aber bereits ganz nahe waren und er nicht aus dem Wald entkommen konnte, trieb er seine holzbeladenen Esel auf einem Seitenpfad ins Gebüsch, worauf er auf einen dicken Baum kletterte, um sich in seinem Laub zu verbergen und sich auf einen Ast setzte, von dem aus er alles unter ihm beobachten konnte, während niemand von unten etwas von ihm gewahr ward; und es stand jener Baum neben einem Felsen, der hoch über die Häupter emporragte. Die Reiter, junge, flinke und tüchtige Burschen, kamen nahe an die Felsenwand herangeritten, wo sie abstiegen. Ali Baba, der sie genau betrachtete, fand, dass es ihrer vierzig waren, und erkannte bald an ihrem Aussehen und Benehmen, dass es Wegelagerer waren, die eine Karawane überfallen und ihren Raub hierhergeschafft hatten, um ihn in einem Versteck in Sicherheit zu bringen. Als die Räuber unter dem Baum, auf dem Ali Baba saß, angelangt waren, zäumten sie ihre Pferde ab und fesselten ihnen die Vorderfüße, worauf sie ihre Mantelsäcke abnahmen, die alle voll Gold und Silber waren. Dann schritt einer von ihnen, der ihr Hauptmann zu sein schien, mit seiner Last auf der Schulter durch Dickicht und Dornen voran, bis er zu einer Stelle kam, wo er die seltsamen Worte sprach: »Sesam, tue dich auf!« Und sofort zeigte sich ein weiter Eingang in der Felsenwand. Alsdann traten die Räuber ein, und zuletzt ihr Hauptmann, worauf sich das Portal von selber schloss. Sie blieben geraume Zeit in der Höhle, während Ali Baba gezwungen war, auf dem Baum sitzen zu bleiben, da er überlegte, dass, wenn er hinunterstiege, die Bande in demselben Augenblick herauskommen und ihn packen und erschlagen könnte. Schließlich aber entschloss er sich, eins der Pferde zu besteigen und seine Esel zur Stadt zu treiben, als sich plötzlich das Portal wieder auftat. Der Räuberhauptmann kam diesmal zuerst heraus und stellte sich am Eingang auf, worauf er seine Leute vorüberpassieren ließ und sie zählte, bis alle herausgekommen waren. Dann sprach er das Zauberwort: »Sesam, tue dich zu!«, worauf sich die Tür von selber schloss. Als alle Revue passiert hatten, hing ein jeder seinen Mantelsack über und zäumte sein Pferd auf, und als alle fertig geworden waren, ritten sie, angeführt von ihrem Hauptmann, in derselben Richtung fort, aus der sie gekommen waren.

Ali Baba blieb jedoch auf dem Baume sitzen und stieg nicht eher ab, als bis sie ihm völlig aus dem Gesicht entschwunden waren, damit ihn nicht etwa einer der Räuber erblickte, falls er umkehrte und sich umschaute. Alsdann aber gedachte er bei sich: ›Ich will auch einmal die Kraft dieser Zauberworte prüfen und sehen, ob mein Befehl die Türen öffnen und schließen wird.‹ Hierauf rief er laut: »Sesam, tue dich auf!« Und, kaum hatte er die Worte gesprochen, da sprang auch schon das Portal auf, und er trat ein. Er erblickte eine große gewölbte Höhle von der Höhe eines erwachsenen Mannes, die in den Felsen eingehauen und durch Licht, das durch Luftlöcher und runde Öffnungen in der Decke des Felsens fiel, erhellt ward. Er hatte nichts als das tiefste Dunkel in dieser Räuberhöhle zu finden geglaubt und war überrascht, den ganzen Raum mit Ballen, die allerlei Stoffe enthielten, und vom Boden an bis zur Decke mit Kamellasten von Seide, Brokat und gestickten Tuchen und Haufen über Haufen von bunten Teppichen erfüllt zu sehen; außerdem gewahrte er zahllose und unberechenbare Mengen von Gold- und Silbermünzen, die teils auf den Boden geschüttet, teils in ledernen Beuteln und Säcken untergebracht waren. Als er dieses Geld und Gut in so reicher Menge erblickte, stand es ihm fest, dass nicht während eini-

gen Jahren, sondern allein in langen Generationen Diebe
ihren Gewinn und Raub hier angehäuft haben konnten.
Die Tür hatte sich, nachdem er die Höhle betreten hatte,
hinter ihm geschlossen, doch war er nicht erschrocken, da
er die Zauberworte im Gedächtnis gehalten hatte; er küm-
merte sich auch nicht um die kostbaren Stoffe, die rings um
ihn lagen, sondern machte sich allein mit den Säcken von
Aschrafis[1] zu schaffen. Von diesen trug er so viel hinaus, als
er für eine hinreichende Last für seine Esel erachtete. Dann
lud er sie auf seine Tiere und bedeckte die Beute mit Reisig
und Holz, damit keiner die Beutel erkennen könnte, sondern glaubte, dass er seine gewöhnliche Ware nach Hause
schaffte. Zum Schluss rief er: »Sesam, tue dich zu!«, und
sogleich schloss sich die Tür, denn der Zauber wirkte so,
dass sich das Portal sofort schloss, wenn jemand die Höhle
betreten hatte; war er jedoch wieder aus ihr herausgekommen, so öffnete es sich weder noch schloss es sich, bis er die
Worte: »Sesam, tue dich zu!«, gesprochen hatte. Nachdem
er seine Esel beladen hatte, trieb er sie so schnell als möglich
vor sich her zur Stadt, und, zu Hause angelangt, jagte er sie
in den Hof; dann schloss er die Außentür fest zu und nahm
zuerst das Reisig und Holz ab, worauf er die Goldsäcke zu
seiner Frau hereintrug. Als diese sie befühlte und voll Geld
fand, hatte sie Ali Baba in Verdacht, geraubt zu haben, und
schalt und tadelte ihn für solch ein übles Tun. Hierauf sagte
Ali Baba zu seiner Frau: »Ich bin kein Räuber, freue dich lie-
ber mit mir über unser Glück.« Alsdann erzählte er ihr sein
Abenteuer und begann, das Gold aus den Säcken in Haufen
vor ihr auszuschütten, so dass ihr Gesicht von dem Glanz
geblendet ward und ihr Herz bei der Erzählung seines

1 Goldmünzen

Abenteuers frohlockte. Sie begann, das Gold zu zählen, doch rief ihr Ali Baba zu: »Du törichtes Weib, wie lange willst du das Geld um und umkehren? Lass mich eine Grube graben, in der ich diesen Schatz verstecken kann, damit niemand von seinem Geheimnis erfährt.« Sie versetzte: »Du hast recht; jedoch möchte ich das Gold wiegen, um eine Vorstellung von seinem Betrag zu haben.« Er erwiderte: »Wie es dir beliebt; aber sag keinem etwas davon.« Da eilte sie zu Kâsims Haus, um sich Gewichte und eine Waage zu leihen, damit sie die Aschrafis wöge und ihren Wert berechnen könnte. Als sie Kâsim nicht finden konnte, sagte sie zu seiner Frau: »Ich bitte dich, leihe mir die Waage für einen Augenblick.« Ihre Schwägerin versetzte: »Brauchst du die große oder die kleine Waage?« Sie erwiderte: »Ich brauche nicht die große; gib mir die kleine.« Hierauf sagte ihre Schwägerin: »Warte hier einen Augenblick, während ich mich nach der Waage umsehe.« Unter diesem Vorwand ging Kâsims Frau beiseite und strich etwas Wachs und Talg auf die Waagschale, um zu erfahren, was Ali Babas Frau wiegen wollte, denn sie war sicher, dass etwas von dem, was sie wog, an dem Wachs und Fett kleben bleiben würde. In dieser Weise benutzte die Frau diese Gelegenheit, ihre Neugierde zu befriedigen, worauf Ali Babas Frau ahnungslos die Waage nach Hause trug und das Gold abzuwiegen begann, während Ali Baba das Loch grub. Als sie dann alles Gold abgewogen hatte, packten beide es ins Loch, das sie wieder sorgfältig mit Erde zudeckten. Dann trug sie die Waage wieder zu ihrer Schwägerin zurück, ohne zu bemerken, dass ein Aschrafi an der Waagschale kleben geblieben war. Als aber Kâsims Frau das Goldstück erblickte, raste sie vor Neid und Zorn, indem sie bei sich sprach: »Steht es so! Sie borgten meine Waage, um Aschrafis zu wiegen!« Und sie verwunderte sich höchlichst, woher solch ein armer Mann wie Ali Baba zu solchem Reichtum gekommen war, dass er ihn mit einer Waage wiegen musste. Nachdem sie die Sache hin und her überlegt hatte, sagte sie zu ihrem Mann, als er gegen Abend heimkam: »O Mann, du hältst dich für einen reichen und vermögenden Mann, doch schau, dein Bruder Ali Baba ist im Vergleich zu dir ein Emir und weit reicher, als du bist. Er hat solche Haufen Gold, dass er sein Geld mit der Waage wiegen muss, während du fürwahr zufrieden bist, es Stück für Stück zu zählen.« Kâsim fragte: »Woher weißt du dies?« Da berichtete ihm seine Frau als Antwort die ganze Geschichte mit der Waage und erzählte ihm, wie sie einen Aschrafi an der Waagschale kleben gefunden hatte; dann zeigte sie ihm das Goldstück, welches das Gepräge eines alten Königs trug.

In seinem Neid und seiner Eifersucht und Habgier fand Kâsim während der ganzen Nacht keinen Schlaf, und am nächsten Morgen erhob er sich in der Frühe und begab sich zu Ali Baba, zu dem er sagte: »O mein Bruder, allem Anschein nach bist du arm und mittellos; in Wirklichkeit aber besitzt du so große Schätze, dass du dein Gold mit der Waage wiegen musst.« Ali Baba versetzte: »Was sprichst du da? Ich verstehe dich nicht; erkläre mir deine Worte.« Da entgegnete Kâsim aufgebracht: »Tu nicht so, als ob du meine Worte nicht verstündest, und denke nicht, mich zu täuschen.« Hierauf zeigte er ihm den Aschrafi und rief: »Du hast Tausende solcher Goldstücke beiseitegelegt; dieses hier fand meine Frau an der Waagschale kleben.« Da merkte Ali Baba, wie sein Bruder Kâsim und seine Frau erfahren hatten, dass er einen Haufen Aschrafis besaß, und gedachte bei sich, dass es ihm nichts nützte, die Sache zu verheimlichen, sondern nur Unheil und Übelwollen hieraus entstehen würde; und so sah er sich bewogen, seinem Bruder alles in Betreff der Banditen und des in der Höhle verborgenen Schatzes zu erzählen. Als Kâsim die Geschichte vernommen hatte, rief er: »Ich möchte von dir die Stelle des Platzes, an dem du das Geld fandest, erfahren; ebenso möchte ich die Zauberworte wissen, durch welche sich die Tür öffnete und schloss. Ich mache dich zugleich darauf aufmerksam, dass ich, wenn du mir nicht die volle Wahrheit sagst, dem Wali[2] von diesen Aschrafis Mitteilung mache, dass du all dein Geld verlierst und obendrein in Schande und ins Gefängnis kommst.« Da erzählte ihm Ali Baba alles, ohne die Zauberworte zu vergessen.

Am nächsten Tage machte sich Kâsim, der auf alle diese Sachen gut achtgegeben hatte, mit zehn gemieteten Maultieren auf den Weg und fand den Platz richtig heraus, wie Ali Baba ihm denselben beschrieben hatte. Als er zu dem Felsen und dem Baum, auf dem sich Ali Baba versteckt hatte, gelangte und sich von der Tür vergewissert hatte, rief er in großer Freude: »Sesam, tue dich auf!« Sofort sprang das Portal weit auf, und Kâsim trat ein und gewahrte die Haufen von Juwelen und Schätzen, die rings aufgehäuft lagen; und sobald er mitten unter ihnen stand, verschloss sich die Tür wie gewöhnlich hinter ihm. In Entzücken schritt er umher und bewunderte die Schätze, und als er des Staunens überdrüssig war, trug er so viel Beutel Aschrafis zusammen, als die zehn Maultiere zu tragen vermochten, und legte sie neben den Eingang in Bereitschaft, um sie hinauszutragen und auf die Tiere zu laden. Nach Gottes, des Erhabenen, Willen hatte er jedoch gänzlich die kabbalistischen Worte vergessen und rief: »Gerste, tue dich auf!« Da die

2 Gouverneur

Tür verschlossen blieb, rief er in seinem Staunen und seiner Bestürzung die Namen aller Getreidesorten mit Ausnahme von Sesam, der völlig seinem Gedächtnis entschwunden war, als hätte er den Namen nie gehört; und in seiner tiefen Bestürzung achtete er nicht auf die Aschrafis, die am Eingang aufgehäuft lagen, sondern schritt in der Höhle ratlos und hilflos auf und ab. Die Schätze, die eben noch sein Herz mit Freude und Entzücken erfüllt hatten, waren ihm nun die Ursache bitterer Trübsal und Traurigkeit geworden, und schließlich gab er alle Hoffnung auf, mit dem Leben davonzukommen, das er durch seine Habsucht und seinen Neid ins Verderben gestürzt hatte.

Um Mittag kehrten die Räuber zurück und sahen vor dem Eingang der Höhle einige Maultiere stehen. Sie verwunderten sich höchlichst darüber, wie die Tiere hierhergekommen waren; denn, da Kâsim vergessen hatte, sie anzubinden oder ihre Füße zu fesseln, waren sie ins Dickicht gewandert und grasten hier und dort. Indessen achteten die Räuber wenig auf die verlaufenen Tiere und gaben sich nicht die Mühe, sie einzufangen, sondern verwunderten sich allein darüber, wie sie sich so weit von der Stadt verlaufen hatten. Nachdem sie die Höhle erreicht hatten, stieg der Hauptmann mit seinem Trupp ab und trat vor den Eingang, worauf er die Zauberformel sprach, durch welche die Tür sofort aufsprang.

Nun hatte aber Kâsim die Pferdehufe näher und näher kommen gehört und war vor Schrecken zu Boden gefallen, da er überzeugt war, dass das Getrampel von den Räubern herrührte, die ihn ohne Gnade niederhauen würden. Indessen fasste er wieder Mut, und in demselben Augenblick, als die Tür aufsprang, stürzte er hinaus, in der Hoffnung zu entrinnen. In seinem Unglück rannte er jedoch mit voller

Kraft gegen den Hauptmann, der an der Spitze der Bande stand, und warf ihn auf den Boden, worauf ein Räuber, der dicht bei seinem Hauptmann stand, sein Schwert zog und ihn mit einem Schwerthieb auseinanderspaltete. Hierauf stürzten die Räuber in die Höhle und legten die Geldsäcke, die Kâsim an dem Eingang aufgehäuft hatte, um sie fortzuschaffen, an Ort und Stelle. Vor Staunen und Bestürzung achteten sie gar nicht auf die verschwundenen Geldsäcke, die Ali Baba fortgenommen hatte, sondern zerbrachen sich allein den Kopf, in welcher Weise der fremde Mann in die Höhle gelangt war. Alle erkannten, dass es keinem möglich war, durch die Luken einzusteigen, da die Felsenwand zu steil und hoch und glatt war; ebenso aber konnte auch niemand durch den Eingang herein, ohne die Zauberworte zu wissen, durch die sich die Felsenwand allein auftat. Schließlich vierteilten sie Kâsims Leichnam und hängten ihn in der Höhle neben dem Eingang auf, zwei Stücke zur Rechten und die beiden andern zur Linken, damit ihr Anblick für alle, welche die Höhle zu betreten wagten, eine Warnung ihres bevorstehenden Schicksals wäre. Dann schritten sie wieder hinaus und verschlossen die Tür ihres Schatzes, worauf sie zu ihrem gewohnten Werk fortritten.

Als nun die Nacht hereinbrach und Kâsim nicht nach Hause kam, ward seine Frau unruhig, so dass sie zu Ali Baba herüberlief und zu ihm sagte: »O mein Bruder, Kâsim ist nicht heimgekehrt; du weißt, wohin er gegangen ist, und ich bin in schwerer Sorge, dass ihm ein Unfall zugestoßen ist.« Ali Baba vermutete gleichfalls, dass ihn ein Unfall an der Heimkehr verhindert hätte, indessen versuchte er, seine Schwägerin mit beruhigenden Worten zu trösten, und sagte: »O Weib meines Bruders, vielleicht will Kâsim nicht gesehen werden und kommt, um die Stadt zu vermeiden, auf einem Hinterpfad her. Er wird sicherlich bald hier sein, und dies, glaube ich, ist allein der Grund seines Ausbleibens.« Hierauf kehrte Kâsims Frau beruhigt wieder heim und wartete auf die Rückkehr ihres Gatten; als aber die Hälfte der Nacht verstrichen und er noch immer nicht eingetroffen war, ward sie wie verstört. Da sie sich jedoch fürchtete, dass ihre Nachbarn, wenn sie vor Kummer laut schrie, zu ihr kommen könnten und so das Geheimnis erführen, weinte sie still vor sich hin und sprach bei sich, indem sie sich Vorwürfe machte: »Weshalb entdeckte ich ihm dieses Geheimnis und machte ihn auf Ali Baba neidisch und eifersüchtig? Dies ist nun die Folge davon, und das Unglück, das nun über mich gekommen ist, rührt davon her.«

Bitterlich weinend verbrachte sie die Nacht und eilte in der ersten Morgenfrühe, so schnell sie konnte, zu Ali Baba und bat ihn, seinen Bruder zu suchen. Ali Baba versuchte, sie zu trösten, und machte sich mit seinen Eseln sofort auf den Weg zum Wald. Als er die Felsenwand erreichte, verwunderte er sich, Flecken frisch vergossenen Blutes zu sehen, und da er weder seinen Bruder noch die zehn Maultiere fand, ahnte er aus diesem bösen Zeichen ein Unglück. Dann trat er an die Tür und rief: »Sesam, tue dich auf!«, worauf er eintrat und die eine Hälfte von Kâsims Leichnam zur linken und die andre zur rechten Seite der Tür hängen sah. Wiewohl er über die Maßen erschrocken war, wickelte er die Stücke in zwei Tücher und legte sie auf einen seiner Esel, sie mit Reisig und Holz bedeckend, damit niemand sie sehen könnte. Alsdann belud er die beiden andern Esel mit Geldsäcken und deckte sie ebenfalls aufs sorgfältigste zu, und als er mit allem fertig geworden war, verschloss er wieder den Eingang zur Höhle, indem er die Zauberworte sprach, und machte sich mit aller Vorsicht und Behutsamkeit auf den Heimweg. Er übergab die Esel mit der Last Aschrafis seiner Frau und befahl ihr, die Beutel sorgfältig zu vergraben, doch erzählte er ihr nicht, wie er seinen Bruder Kâsim angetroffen hatte. Dann zog er mit dem dritten Esel, auf welchem der Leichnam seines Bruders lag, zum Haus der Witwe und pochte leise an die Tür.

Nun hatte Kâsim eine schlaue und scharfsinnige Sklavin, namens Mardschâna, die ebenso leise den Bolzen löste und Ali Baba mit seinem Esel in den Hof des Hauses ließ. Hierauf nahm er den Leichnam vom Rücken des Esels und sagte zu ihr: »O Mardschâna, tummle dich und mach dich bereit, die Zeremonien zur Bestattung deines Herrn zu verrichten. Ich gehe jetzt, deiner Herrin die Nachricht zu überbringen, und werde schnell wieder zurückkommen, um dir bei diesem Geschäft zu helfen.« In demselben Augenblick aber sah auch Kâsims Witwe ihren Schwager und rief: »O Ali Baba, was für Nachricht bringst du mir von meinem Gatten? Wehe, ich sehe die Zeichen des Kummers auf deinem Angesicht geschrieben. Sag schnell, was geschehen ist.« Da erzählte er ihr, wie es ihrem Gatten ergangen war, wie er von den Räubern erschlagen war und wie er den Leichnam heimgeschafft hatte. Er schloss seinen Bericht mit den Worten: »O meine Herrin, was geschehen ist, ist geschehen, doch geziemt es uns, die Sache geheim zu halten, da unser Leben davon abhängt.« Sie weinte bitterlich und versetzte: »Mit meinem Gatten geschah es nach dem Ratschluss des Schicksals; ich gebe dir mein Wort, dass ich um deiner Sicherheit Willen die Sache geheim halten werde.« Ali Baba erwiderte: »Nichts hilft gegen Gottes Beschluss. Füge dich in Geduld, bis die Tage deiner Unnahbarkeit verstrichen sind; ich will dich dann zum Weib nehmen, und du sollst ein angenehmes und bequemes Leben führen. Sei unbesorgt, dass dich meine Frau quälen oder dich mit ihrer Eifersucht verfolgen sollte, denn sie ist gütig und besitzt ein zartfühlendes Herz.« Indem die Witwe ihren Verlust laut bejammerte, versetzte sie: »Es sei so, wie es dir beliebt.« Alsdann verließ Ali Baba sie, während sie über ihren Gatten weinte und jammerte, und kehrte zu Mardschâna zurück, mit der er sich beriet, wie sie das Begräbnis ihres Bruders zuwege bringen könnten. Nach langem Beraten und vielem Ermahnen verließ er sie und kehrte, seinen Esel vor sich hertreibend, wieder heim. Sobald aber Ali Baba abgezogen war, begab sich Mardschâna eiligst zum Laden eines Drogisten und verlangte von ihm, um die Sache besser zu verheimlichen, eine Droge, wie sie gewöhnlich bei Schwerkranken angewendet wird. Er gab sie ihr und fragte sie: »Wer liegt in deinem Hause so schwer danieder, dass du diese Medizin gebrauchst?« Sie versetzte: »Mein Herr Kâsim ist todkrank; seit einer Reihe von Tagen hat er weder gesprochen noch etwas Speise zu sich genommen, so dass wir fast an seinem Leben verzweifeln.«

Am nächsten Tage kam Mardschâna wieder zum Drogisten und verlangte mehr Medizin und solche Essenzen, wie man Kranken, die bereits an der Schwelle des Todes stehen, verabfolgt, damit der Sterbende vor dem Hinscheiden noch einmal zu sich kommt. Der Drogist gab ihr den Trank und, indem sie ihn nahm, seufzte sie laut und sagte weinend: »Ich fürchte, er besitzt nicht mehr die Kraft, diesen Trank einzunehmen. Wenn ich zu Hause eintreffe, ist vielleicht schon alles vorüber.« Inzwischen wartete Ali Baba gespannt darauf, Weinen und Wehklagen in Kâsims Haus zu vernehmen, damit er auf dieses Zeichen hin dorthin eilen und an den Zeremonien des Leichenbegängnisses teilnehmen könne.

Am nächsten Tage in der Frühe begab sich Mardschâna mit verschleiertem Gesicht zu einem alten Schneider, namens Baba Mustafa, dessen Handwerk es war, Leichentücher und Totenlaken zu nähen, und als sie ihn seinen Laden öffnen sah, gab sie ihm ein Goldstück und sagte zu ihm: »Leg dir eine Binde um die Augen und folge mir.« Mustafa stellte sich, als hätte er keine Lust, sie zu begleiten, worauf sie noch ein Goldstück in seine Hand legte und in ihn drang, ihr zu folgen. Schließlich willigte der Schneider in seiner Geldgier ein, und sie führte ihn, nachdem sie ihm die Augen verbunden hatte, bei der Hand zu dem Hause, in dem der Leichnam ihres Herrn lag. Sie nahm ihm in dem dunkeln Raum die Binde ab und forderte ihn auf, die vier Stücke des Leichnams, Glied an Glied, wieder zusammenzunähen, und als er dies getan hatte, warf sie ein Tuch über den Körper und sagte zu ihm: »Eile dich und nähe mir ein Leichentuch entsprechend der Größe dieses Toten, wofür ich dir noch einen Dukaten geben will.« Baba Mustafa nähte das Tuch schnell in der passenden Länge und Breite, worauf ihm Mardschâna das versprochene Goldstück schenkte. Dann verband sie ihm wieder die Augen und führte ihn zu dem Platz zurück, von dem sie ihn geholt hatte. Hierauf eilte sie nach Hause und wusch mit Ali Babas Hilfe den Leichnam in warmem Wasser; dann wickelte sie ihn in das Leichentuch und legte den Körper, bereit zum Begräbnis, auf einen reinen Platz. Hierauf begab sie sich zur Moschee und benachrichtigte einen Imam, dass ein Leichenbegängnis die Leidtragenden in dem und dem Haus erwartete, indem sie ihn zugleich bat, zu kommen und die Gebete für den Verstorbenen zu lesen. Der Imam folgte ihr, und vier Nachbarn luden die Bahre auf und trugen sie auf ihren Schultern fort, begleitet von dem Imam und andern, die solchen Feierlichkeiten gewöhnlich beizuwohnen pflegten. Nach Beendigung der Leichengebete trugen vier andere Männer die Bahre fort, während Mardschâna ihr barhaupt voranschritt und sich weinend und laut jammernd die Brust schlug und Ali Baba mit den Nachbarn hinterdrein schritt. In solchem Zuge betraten sie den Totenacker und bestatteten ihn, worauf sie, ihn den Engeln Munkar und Nakîr überlassend, ihres Weges gingen. Dann versammelten sich die Frauen jenes Viertels nach dem Brauch der Stadt in dem Trauerhaus und saßen eine Stunde bei Kâsims Witwe, ihr kondolierend und Trost zusprechend, worauf sie dieselbe etwas gefasster und beruhigter verließen.

Ali Baba hielt sich vierzig Tage, wie es die Zeremonie vorschrieb, seinen Bruder betrauernd zu Hause; und so erfuhr außer ihm, der Frau seines Bruders und Mardschâna keiner etwas von dem Geheimnis. Als dann die vierzig Tage der Trauer verstrichen waren, schaffte Ali Baba alles Gut des Verstorbenen in seine eigene Wohnung und heiratete öffentlich die Witwe, worauf er seinen Neffen, den ältesten Sohn seines Bruders, der lange Zeit bei einem reichen Kaufmann gelebt hatte und in allen Geschäftsangelegenheiten, wie Kaufen und Verkaufen, wohl bewandert war, zur Übernahme des Ladens des Verstorbenen und zur Weiterführung des Geschäfts bestimmte.

Als die Räuber nun eines Tages wieder wie gewöhnlich zu ihrer Höhle zurückkehrten, verwunderten sie sich über die Maßen, kein Zeichen und nicht die geringste Spur von Kâsims Leichnam zu finden, während sie bemerkten, dass eine Menge Gold fortgeschafft war. Da sagte der Kapitän: »Wir müssen die Sache untersuchen, oder wir erleiden großen Verlust, und dieser unser Schatz, den wir und unsere Väter im Laufe vieler Jahre aufgehäuft haben, schwindet nach und nach hin und wird völlig geplündert.« Alle pflichteten dem bei und stimmten darin überein, dass der von ihnen Ermordete von dem Zauberwort Kenntnis gehabt haben musste; außerdem aber müsste noch ein andrer den Zauber gekannt und den Leichnam zugleich mit einer Menge Gold fortgeschleppt haben, weshalb sie genaue Nachforschungen anstellen und den Mann ausfindig machen müssten. Hierauf berieten sie untereinander und beschlossen, dass der Verschlagenste und Schlauste unter ihnen als fremder Kaufmann verkleidet in die Stadt ginge und, von Viertel zu Viertel und Straße zu Straße wandernd, sich erkundigte, ob in der letzten Zeit jemand gestorben sei, und, wenn dies der Fall wäre, wo er wohnte, damit sie durch diesen Anhaltspunkt instandgesetzt seien, den Mann, den sie suchten, zu finden. Da sagte einer der Räuber: »Lasst mich in die Stadt gehen und Erkundigungen einziehen; wenn ich nichts erreiche, so sei mein Leben verwirkt.« Sie gewährten ihm seine Bitte, und so begab sich der Räuber in Verkleidung zur Nacht in die Stadt und suchte am nächsten Morgen in der Frühe den Basar auf, wo er sah, dass noch kein Laden geöffnet war, mit Ausnahme des Ladens Baba Mustafas, des Schneiders, der mit Faden und Nadel in der Hand auf seinem Arbeitsschemel saß. Der Räuber wünschte ihm guten Tag und sagte: »Es ist noch dunkel; wie kannst du zum Nähen sehen?« Der Schneider erwiderte: »Ich merke, dass du ein Fremder bist. Trotz meiner Jahre ist mein Augenlicht noch so scharf, dass ich erst gestern einen Leichnam in einem dunkeln Raum zusammennähte.« Da sprach der Räuber bei sich: »Von diesem Schneider werde ich das Gewünschte erfahren.« Um noch weiteren Aufschluss zu erhalten, sagte er dann: »Mir scheint, du willst mit mir scherzen und willst sagen, dass du ein Leichentuch für einen Toten nähtest und dass dein Handwerk das Nähen von Leichentüchern ist.« Der Schneider versetzte: »Das geht dich nichts an; frag mich nicht weiter.« Da legte der Räuber einen Aschrafi in seine Hand und fuhr fort: »Ich wünsche nichts von dem, was du verhehlst, zu erfahren, wiewohl meine Brust wie die eines jeden ehrenwerten Mannes das Grab der Geheimnisse ist. Ich möchte nur von dir wissen, in welchem Hause du dieses Kunststück vollführtest. Kannst du mich dorthin weisen oder selber hinführen?« Der Schneider nahm habgierig das Goldstück und rief: »Ich habe den Weg nicht gesehen; eine Sklavin führte mich zu einer Stelle, die ich genau kenne, worauf sie mir die Augen verband und mich nach einer Wohnung führte, wo sie mich in ein dunkles Zimmer, in dem der zerstückelte Tote lag, geleitete. Hier nahm sie mir das Tuch ab und befahl mir, zu- erst den Leichnam und dann das Totenlaken zu nähen, wo- rauf sie mir wieder die Augen verband und mich zur Stelle zurückführte, von wo sie mich geleitet hatte, und mich dort verließ. Du siehst also, dass ich nicht imstande bin, dir zu sagen, wo du das Haus findest.« Der Räuber versetzte: »Wenn du auch nicht die betreffende Wohnung kennst, so kannst du mich doch zu der Stelle führen, wo dir die Augen verbunden wurden, und dort will ich dir ein Tuch um die Augen binden und dich leiten, wie du geleitet wurdest; in dieser Weise magst du vielleicht das Haus ausfindig ma- chen. Wenn du mir diesen Gefallen tun willst, so sollst du noch einen Aschrafi bekommen.«

Hierauf ließ der Räuber noch ein Goldstück in die Hand des Schneiders gleiten, und Baba Mustafa steckte es mit dem ersten in seine Tasche; dann ließ er seinen Laden, wie er war, und ging mit dem Räuber zu dem Platz, wo ihm Mardschâna die Augen verbunden hatte. Dort angelangt, verband ihm der Räuber ebenfalls die Augen und leitete ihn bei der Hand, während Baba Mustafa, der schlau und scharfsinnig war, sofort die Straße, die ihn die Sklavin geführt hatte, einschlug und Schritt für Schritt zählte, bis er plötzlich hielt und rief: »Bis hierher schritt ich mit ihr.« Und da standen beide vor Kâsims Haus, in dem nunmehr sein Bruder Ali Baba wohnte.

Nachdem der Räuber die Tür mit weißem Kalk gezeichnet hatte, um sie später mit Leichtigkeit wiederzufinden, nahm er die Binde dem Schneider von den Augen und sagte zu ihm: »O Baba Mustafa, ich danke dir für diese Freundlichkeit; Gott, der Erhabene, lohne dir deine Güte! Sag mir nun, ich bitte dich, wer wohnt in jenem Hause?« Der Schneider erwiderte: »Fürwahr, ich weiß es nicht; ich kenne dieses Viertel der Stadt zu wenig.« Wie nun der Räuber merkte, dass er von dem Schneider keinen weitern Aufschluss erhalten konnte, entließ er ihn mit überreichem Dank zu seinem Laden und eilte in das Dickicht zu dem verabredeten Platz zurück, wo die Schar auf sein Kommen wartete.

Nicht lange hernach traf es sich jedoch, dass Mardschâna eines Geschäftes wegen auszugehen hatte und voll höchster Verwunderung die weißen Kalkzeichen erblickte. Sie hielt eine Weile in tiefen Gedanken an und vermutete, dass irgendein Feind die Zeichen gemacht haben müsste, um das Haus zu erkennen und ihrem Herrn irgendetwas anzutun. Infolgedessen zeichnete sie die Türen der Nachbarn in gleicher Weise und hielt die Sache geheim vor ihrem Herrn und ihrer Herrin. Inzwischen berichtete der Räuber seinen Kameraden sein Abenteuer und erzählte ihnen, wie er hinter die Sache gekommen war. Da begaben sich der Hauptmann und seine ganze Bande einzeln auf verschiedenen

Wegen in die Stadt, und der Räuber, der die Tür gezeichnet hatte, begleitete den Hauptmann, um ihm das Haus zu zeigen. Er führte ihn geradeswegs dorthin und zeigte ihm das Zeichen, indem er sprach: »Hier wohnt der, den wir suchen.« Als sich der Hauptmann jedoch umblickte, sah er, dass alle Häuser die gleichen Kalkzeichen trugen, so dass er verwundert sagte: »Woher weißt du, welches von all den Häusern, die das gleiche Zeichen tragen, das Haus ist, von dem du sprichst?«

Da ward der Räuber aufs tiefste bestürzt und vermochte zuerst keine Antwort zu geben; dann schwur er hoch und teuer: »Ich machte ganz gewiss ein Zeichen an eine der Türen und weiß nicht, woher es kommt, dass all die andern Türen ebenfalls gezeichnet sind; auch weiß ich nicht bestimmt, welches Haus ich zeichnete.« Hierauf kehrte der Hauptmann zum Basar zu seinen andern Leuten zurück und sagte zu ihnen: »Wir haben uns umsonst gemüht und geplagt und haben das Haus, das wir suchten, nicht gefunden. Lasst uns jetzt zum Wald zu unserm Stelldichein zurückkehren; ich will ebenfalls dorthin kommen.« Da zogen alle ab und versammelten sich in der Höhle; und als alle Räuber vollzählig erschienen waren, verurteilte der Hauptmann den Räuber, der gelogen und sie vergeblich in die Stadt geführt hatte, als schuldig und sperrte ihn in Gegenwart all der andern ein. Dann sprach er: »Dem von euch, der zur Stadt geht und mir solche Kundschaft bringt, dass wir Hand an den Räuber unsres Gutes legen können, will ich ganz besondere Huld erweisen.« Da trat ein andrer aus der Schar vor und rief: »Ich bin bereit, hinzugehen und Erkundigungen einzuziehen, und ich will dir zu deinem Wunsch verhelfen.« Der Hauptmann gab ihm Geschenke und Verheißungen und schickte ihn aus; und der Beschluss des

Schicksals, dem sich niemand zu widersetzen vermag, wollte es, dass dieser zweite Räuber ebenfalls zum Hause des Schneiders Baba Mustafa, wie der erste Räuber, gelangte. Er überredete den Schneider in der gleichen Weise mit Goldstücken, ihn mit verbundenen Augen zu leiten, und so ward er gleichfalls zu Ali Babas Tür geführt. Als er hier das Werk seines Vorgängers gewahrte, machte er auf den Pfosten ein Zeichen mit rotem Kalk, um so das Haus besser von den andern, die noch das weiße Zeichen trugen, zu unterscheiden. Dann schlich er sich heimlich zu seinen Gefährten zurück. Mardschâna aber entdeckte wiederum das rote Zeichen an der Tür und markierte in schlauer Vorsicht alle andern Häuser in der gleichen Weise, ohne einem zu sagen, was sie getan hatte. Inzwischen war der Räuber bei seinen Kameraden eingetroffen und sprach, sich rühmend: »O Hauptmann, ich habe das Haus gefunden und es so gekennzeichnet, dass ich es von allen andern unterscheiden kann.«

Als sie nun aber wieder zur Stadt kamen, fanden sie alle Häuser mit rotem Kalk gezeichnet, so dass sie zum zweiten Mal enttäuscht umkehrten und der Hauptmann den Spion im höchsten Verdruss ebenfalls einsperrte. Alsdann sprach er bei sich: »Zwei Leute haben sich vergeblich bemüht und ihre gerechte Strafe erhalten; ich bin überzeugt, dass kein andrer es versuchen mag, ihre Nachforschungen fortzusetzen, und will mich deshalb selber aufmachen und das Haus jenes Burschen ausfindig machen.« Hierauf machte er sich auf den Weg und fand mit Hilfe des Schneiders Baba Mustafa, der bei diesem Geschäft eine Menge Goldstücke eingeheimst hatte, Ali Babas Haus. Er machte an demselben jedoch kein äußeres Zeichen, sondern prägte es sich auf der Tafel seines Herzens und der Seite seines Gedächtnisses ein, worauf er in das Dickicht zurückkehrte und zu seinen Leuten sagte: »Ich habe das Haus gefunden und mir scharf ins Gedächtnis eingeprägt; es ist jetzt keine Schwierigkeit, es zu finden. Macht euch sofort auf, kauft mir neunzehn Maultiere und bringt sie hierher zugleich mit achtunddreißig großen Lederschläuchen, von denen der eine mit Senföl angefüllt ist. Ohne mich und die zwei, die eingesperrt sind, zählt ihr siebenunddreißig Seelen; ich will einen jeden von euch gerüstet und bewaffnet in einen Schlauch stecken und will zwei auf je ein Maultier laden; auf dem neunzehnten Maultier soll ein Mann auf einer Seite in einem leeren Schlauch stecken und auf der andern soll der volle Ölschlauch hängen. Ich meinerseits will als Ölhändler verkleidet die Maultiere in die Stadt treiben, dass ich zur Nachtzeit bei dem Haus eintreffe, und will den Hausbesitzer um Erlaubnis bitten, die Nacht bis zum Morgen in seinem Hause zu verbringen. Während der dunkeln Stunden wollen wir dann Gelegenheit suchen, aufzustehen und ihn zu überfallen und erschlagen. Haben wir ihn umgebracht, so nehmen wir uns das Gold und die Schätze, die er uns geraubt hat, wieder und schaffen sie auf den Maultieren zurück.« Dieser Vorschlag gefiel den Räubern, und sogleich machten sie sich auf den Weg und kauften die Maultiere und großen Lederschläuche und taten nach ihres Hauptmanns Geheiß. Nach Verlauf von drei Tagen erhoben sie sich kurz vor Anbruch der Nacht und bestrichen alle Schläuche mit Senföl, worauf sich jeder in einem leeren Schlauch verbarg. Dann verkleidete sich der Hauptmann als Kaufmann und lud die Schläuche auf die neunzehn Maultiere. Hierauf trieb er die Maultiere vor sich her und langte gerade, als die Nacht hereinbrach, bei Ali Babas Haus an, als dieser nach dem Abendessen vor seiner Wohnung auf und ab spazierte. Der Hauptmann begrüßte ihn mit dem Salâm und sprach zu ihm: »Ich komme aus dem und dem Dorf mit Öl und habe hier schon oft Öl verkauft, doch traf ich heute zu meinem Verdruss zu spät ein und bin in schwerer Sorge und ratlos, wo ich übernachten soll. Wenn du Mitleid mit mir verspürst, so bitte ich dich, lass mich in deinem Hof die Nacht zubringen und den Maultieren Erleichterung verschaffen, indem ich ihnen die Schläuche abnehme und den Tieren etwas Futter gebe.«

Obwohl nun Ali Baba die Stimme des Hauptmanns vernommen hatte, als er auf dem Baum saß, und ihn in die Höhle hatte eintreten sehen, so erkannte er ihn doch nicht wegen seiner Verkleidung und gewährte ihm seine Bitte aufs bereitwilligste, indem er ihm einen leeren Stall zum Anbinden der Maultiere anwies und einem seiner Sklaven befahl, Korn und Wasser zu holen. Ebenso sprach er zur Sklavin Mardschâna: »Ein Gast ist bei uns eingekehrt und bringt die Nacht bei uns zu. Mach dich daher hurtig an die Arbeit, ein Abendessen für ihn zu besorgen und das Nachtlager für ihn zurechtzumachen.« Als dann der Hauptmann alle Schläuche abgeladen und seine Maultiere gefüttert und getränkt hatte, empfing ihn Ali Baba aufs höflichste und freundlichste und rief Mardschâna zu sich, zu der er in seiner Gegenwart sagte: »Sieh zu, dass du unsern Gast aufs sorgfältigste bedienst und ihn an nichts Mangel leiden lassest. Morgen früh will ich ins Bad gehen und baden; gib daher meinem Sklaven Abdallâh einen reinen weißen Anzug, den ich nach dem Baden anziehen will. Mach außerdem etwas Brühe in der Nacht zurecht, damit ich sie nach meiner Heimkehr trinken kann.« Sie erwiderte: »Ich will alles in Bereitschaft setzen.« Hierauf zog sich Ali Baba zur Nachtruhe zurück, und der Hauptmann begab sich nach dem

Nachtessen in den Stall. Als er sah, dass alle Maultiere zur Nacht gefressen und gesoffen hatten, trat er an die Schläuche heran und flüsterte seinen Leuten zu: »Um Mitternacht, wenn ihr meine Stimme hört, trennt mit euern scharfen Messern schnell die Lederschläuche von oben bis unten auf und kommt unverzüglich heraus.« Alsdann ging er durch die Küche in den Raum, in dem ihm ein Lager zurecht gemacht war, während ihm Mardschâna mit der Lampe leuchtete und zu ihm sagte: »Wenn du noch etwas bedarfst, so gib deiner Sklavin Befehl, die stets bereit ist, dein Geheiß zu erfüllen.« Er versetzte: »Ich bedarf nichts weiter.« Hierauf machte er die Lampe aus und legte sich aufs Bett, um eine Weile zu schlafen, bevor die Stunde kam, seine Leute zu wecken und das Werk zu vollbringen.

Inzwischen tat Mardschâna, was ihr Herr ihr befohlen hatte. Zuerst holte sie einen saubern weißen Anzug vor und übergab ihn Abdallâh, der noch nicht zur Ruhe gegangen war; dann setzte sie den Topf auf den Herd, um die Brühe zu kochen, und blies das Feuer an, bis es lustig brannte. Nach kurzer Zeit hatte sie nachzusehen, ob die Brühe kochte, doch waren zu jener Stunde alle Lampen ausgegangen, und sie fand, dass kein Öl vorrätig war, und vermochte nirgends ein Licht aufzutreiben. Der Sklave Abdallâh, der ihre Verlegenheit und Ratlosigkeit sah, fragte sie: »Weshalb machst du solchen Lärm? In jenem Stall befinden sich viele Ölschläuche; geh hin und nimm dir so viel Öl, als du bedarfst.« Mardschâna dankte ihm für diesen Rat, worauf Abdallâh, der bequem in dem Hausflur lag, schlafen ging, um früh aufzustehen und Ali Baba im Bade zu bedienen. Dann erhob sich Mardschâna und begab sich mit der Ölkanne in der Hand zu dem Stall, wo die Ölschläuche in Reih und Glied aufgestellt waren. Als sie an einen der Schläuche trat und der Räuber, der in ihm steckte, ihre Schritte vernahm, glaubte er, es wäre sein Hauptmann, dessen Befehl er erwartete, und fragte leise: »Ist's für uns Zeit herauszukommen?« Entsetzt schrak Mardschâna bei dem Laut der menschlichen Stimme zurück; da sie aber beherzt und von raschem Verstand war, erwiderte sie: »Die Stunde ist noch nicht gekommen.« Bei sich selber aber sprach sie: ›Diese Schläuche sind nicht voll Öl, und dies ist höchst verdächtig. Vielleicht hegt der Ölhändler einen verräterischen Anschlag gegen meinen Herrn; Gott, der Barmherzige, der Erbarmer, schütze uns vor seiner Arglist!‹ Deshalb auch antwortete sie, die Stimme des Hauptmanns nachahmend: »Noch nicht; die Stunde ist noch nicht gekommen.« Hierauf trat sie an den zweiten Schlauch und gab dem in demselben versteckten Räuber die gleiche Antwort, und so verfuhr sie bei einem Schlauch nach dem andern. Dann sprach sie bei sich: »Gelobt sei Gott! Mein Herr nahm diesen Schurken bei sich auf, im Glauben, er sei ein Ölhändler, und ließ so eine Räuberbande ein, die nur auf das Zeichen wartet, ihn zu überfallen und zu ermorden und sein Haus auszuplündern.« Als sie zum letzten Schlauch kam und ihn bis zum Rand voll Öl fand, füllte sie ihre Kanne und kehrte in die Küche zurück, wo sie die Lampe putzte und die Dochte anzündete. Dann holte sie einen großen Kessel, setzte ihn aufs Feuer und füllte ihn aus dem Schlauch mit Öl an, worauf sie Holz auf den Herd häufte und es zu einem heißen Feuer anfachte, um das Öl so schnell als möglich zu kochen. Als das Öl siedend heiß war, schöpfte sie es mit Töpfen aus und goß es, so heiß wie es war, der Reihe nach in die Schläuche, dass die Räuber, die nicht imstande waren zu entrinnen, zu Tode verbrüht wurden und jeder Schlauch einen Leichnam enthielt. In dieser Weise brachte die Sklavin durch ihre Schlauheit alle Räuber ohne Lärm um, dass nicht einmal die Hausbewohner etwas davon merkten. Als sie sich überzeugt hatte, dass alle Räuber tot waren, kehrte sie in die Küche zurück und verschloss die Tür, worauf sie Ali Babas Brühe kochte.

Kaum war eine Stunde darüber verstrichen, da erwachte der Hauptmann aus dem Schlaf und öffnete weit sein Fenster; als er sah, dass alles im dunklen Schweigen lag, klatschte er in die Hände als Zeichen für seine Leute herauszukommen, doch vernahm er keinen Laut als Antwort. Nach einer Weile klatschte er wieder und rief laut, doch erhielt er wiederum keine Antwort; als er dann auf ein drittes Rufen keine Antwort vernahm, ward er bestürzt und ging zum Stall hinaus, in dem die Schläuche standen, während er bei sich dachte: »Vielleicht sind alle eingeschlafen, wo die Stunde zum Werk genaht ist, und ich muss sie unverzüglich wecken.« Dann trat er an den nächsten Schlauch, doch wurde er durch den Geruch von Öl und verbranntem Fleisch erschreckt; und, wie er nun den Schlauch anfasste, fühlte er, dass er vor Hitze dampfte. Ebenso fand er alle andern Schläuche. Er erkannte hieraus das Schicksal, das seine Bande betroffen hatte, und, für seine eigene Sicherheit besorgt, stieg er über die Mauer in einen Garten, von wo er in großem Zorn und Ärger sich in Sicherheit brachte. Inzwischen wartete Mardschâna, dass der Hauptmann aus dem Stall zurückkehren sollte; als er jedoch nicht erschien, erkannte sie, dass er die Mauer überstiegen hatte und geflohen war, denn die Straßentür war doppelt verschlossen; und da die Räuber alle beseitigt waren, legte sie sich in völliger Ruhe und Sorglosigkeit schlafen.

Als noch zwei Stunden von der Nacht übrig waren, erwachte Ali Baba und begab sich ins Bad, ohne etwas von lem nächtlichen Abenteuer zu ahnen, da ihn die wackere Sklavin nicht geweckt hatte. Sie hatte dies nicht für rätlich gehalten, denn, hätte sie eine Gelegenheit gesucht, ihm ihren Plan mitzuteilen, so hätte sie sehr leicht ihr ganzes Vorhaben vereitelt. Die Sonne stand bereits hoch über dem Horizont, als Ali Baba aus dem Bade zurückkehrte. Er verwunderte sich höchlichst, die Ölschläuche noch im Stall stehen zu sehen und sprach: »Wie kommt es, dass mein Gast, der Ölhändler, seine Maultiere mit den Ölschläuchen noch nicht auf den Basar getrieben hat.« Alsdann fragte er Mardschâna, was mit dem Ölhändler geschehen wäre, den er unter ihre Obhut befohlen hatte, worauf sie versetzte: »Gott, der Erhabene, schenke dir hundert und dreißig Jahre Heil! Ich will dir unter vier Augen über jenen Kaufmann Auskunft geben.« Da ging Ali Baba mit seiner Sklavin beiseite, die ihn zum Hause hinausnahm und zuerst die Hoftür verschloss. Dann zeigte sie ihm einen Schlauch und sprach zu ihm: »Ich bitte dich, schau hier hinein und sieh, ob sich Öl oder etwas anderes darin befindet.« Wie er nun hineinschaute und einen Mann darin erblickte, schrie er laut auf und wäre vor Schrecken fast fortgelaufen. Mardschâna aber sagte zu ihm: »Fürchte dich nicht, denn dieser Mann ist nicht mehr imstande, dir Übles zuzufügen, da er tot ist.« Als Ali Baba diese beruhigenden Worte vernahm, rief er: »O Mardschâna, welchem Unheil sind wir entronnen, und wodurch ist dieser Elende des Schicksals Beute geworden?« Sie versetzte: »Gelobt sei Gott, der Erhabene! Ich will dir alles erklären; schweig jedoch und sprich nicht so laut, damit die Nachbarn nichts von dem Geheimnis erfahren und es für uns ein schlimmes Ende nimmt. Schau nun in einen Schlauch nach dem andern.« Da schaute Ali Baba der Reihe nach in alle Schläuche und fand in einem jeden einen voll gerüsteten und gewappneten Mann, doch waren alle zu Tode verbrannt. Sprachlos vor Staunen starrte er auf die Schläuche, und als er sich endlich wieder gefasst hatte, fragte er: »Und wo ist der Ölhändler?« Sie erwiderte: »Über ihn will ich dir auch Auskunft geben. Dieser Schurke war kein Kaufmann, sondern ein treuloser Mörder, dessen honigsüße Worte dich fast bestrickt und ins Verderben gestürzt hätten. Und nun will ich dir sagen, was er war und was geschah. Da du aber soeben erst vom Bad kommst, solltest du zuerst wegen deines Magens und deiner Gesundheit etwas Brühe trinken.« Da ging Ali Baba hinein, und Mardschâna setzte ihm den Trank vor, worauf ihr Herr zu ihr sagte: »Nun möchte ich gern die sonderbare Geschichte hören; ich bitte dich, erzähle sie mir und beruhige mein Herz.« Hierauf erzählte ihm die Sklavin die Begebenheit mit folgenden Worten: »O mein Herr, als du mir befahlst, die Brühe zu kochen, und dich zur Ruhe zurückzogst, nahm deine Sklavin gemäß deinem Befehl einen saubern weißen Anzug heraus und gab ihn Abdallâh, worauf sie das Feuer anzündete und die Brühe aufsetzte. Als sie fertiggekocht war, hatte ich nötig, eine Lampe anzuzünden, um den Schaum abzuschöpfen; da aber alles Öl ausgegangen war, klagte ich Abdallâh meine Verlegenheit, der mir riet, etwas Öl aus den Schläuchen zu nehmen, die in dem Stall standen. Infolgedessen nahm ich eine Kanne und ging zu dem ersten Schlauch, als ich plötzlich in demselben mit aller Vorsicht eine Stimme flüstern hörte: ›Ist es jetzt Zeit für uns herauszukommen?‹ Ich war starr hierüber und vermutete, dass der vermeintliche Kaufmann einen Anschlag gegen dein Leben geplant hätte, weshalb ich versetzte: ›Die Stunde ist noch nicht gekommen.‹ Alsdann trat ich an einen andern Schlauch und vernahm ebenfalls aus ihm eine Stimme, der ich die gleiche

Antwort erteilte; und so machte ich es mit allen andern. Ich war nun überzeugt, dass diese Männer nur auf ein Zeichen von ihrem Hauptmann warteten, den du als Gast, im Glauben, es sei ein Ölhändler, in deine vier Wände aufgenommen hattest und der diese Leute nur hierhergebracht hatte, dich zu ermorden und dein Gut und Haus auszuplündern und zu berauben. Ich gab ihm jedoch keine Gelegenheit, seine Absicht auszuführen. Im letzten Schlauch fand ich Öl und nahm etwas davon, die Lampe anzuzünden. Dann setzte ich einen großen Kessel aufs Feuer und füllte ihn mit Öl aus dem Schlauch an, worauf ich eine heiße Glut unter ihm anfachte; und als das Öl siedend heiß war, schöpfte ich einige Kannen voll, um sie alle zu Tode zu brühen, und schritt von Schlauch zu Schlauch, in einen jeden das siedende Öl gießend. Nachdem ich ihnen in dieser Weise den Garaus gemacht hatte, kehrte ich in die Küche zurück, löschte die Lampen aus und stellte mich ans Fenster, um aufzupassen, was geschehen und was der falsche Kaufmann anstellen würde. Nachdem ich meinen Posten eingenommen hatte, erwachte der Räuberhauptmann und gab seinen Leuten wiederholentlich Zeichen. Als er jedoch keine Antwort erhielt, stieg er die Stufen hinunter und trat an die Schläuche; sobald er aber sah, dass alle tot waren, floh er in der Dunkelheit, ohne dass ich wüsste, wohin. Nach seinem Verschwinden erkannte ich, dass er, da die Tür doppelt verschlossen war, die Mauer überstiegen und sich in den Garten niedergelassen hatte, von wo er dann weiter geflüchtet war; und so legte ich mich mit ruhigem Herzen schlafen. Dies ist die volle Wahrheit; schon seit einigen Tagen ahnte ich so etwas, doch verbarg ich es vor dir, da ich es nicht für angebracht hielt, weil ich fürchtete, den Nachbarn könnte etwas davon zu Ohren kommen. Jetzt aber geht es nicht anders an, als dir die Sache zu berichten. Eines Tages, als ich an die Haustür kam, gewahrte ich auf ihr ein Zeichen von weißem Kalk und am nächsten Tage neben dem weißen ein rotes Zeichen. Ich wusste nicht, aus welchem Grunde die Zeichen dort gemacht waren, jedoch machte ich dieselben Zeichen an den Nachbarhäusern, da ich vermutete, irgendein Feind hätte dies getan, um dadurch meinen Herrn zu verderben. Ich machte deshalb die Zeichen an den andern Häusern so genau denen an dem unsrigen gleich, dass es schwer war, dasselbe unter ihnen herauszufinden. Urteile nun und erwäge, ob diese Zeichen und diese Schurkerei nicht das Werk der Räuber aus dem Dickicht sind, die unser Haus kennzeichneten, um es aus den andern herauszufinden. Von diesen vierzig Räubern sind noch zwei übriggeblieben, von denen ich nichts weiß; hüte dich daher vor ihnen und vor allem vor dem Hauptmann, der von hier lebend entkam. Gib gut acht und sei auf der Hut vor ihm, denn, solltest du in seine Hände fallen, so würde er dich in keiner Weise schonen, sondern dich sicherlich umbringen. Ich will alles, was ich vermag, tun, dein Leben und Gut vor irgendeinem Schaden zu bewahren, und deine Sklavin soll nicht in irgendeinem Dienst nachlässig gegen ihren Herrn befunden werden.«

Als Ali Baba diese Worte vernahm, freute er sich über die Maßen und sagte zu ihr: »Ich bin mit dir über deine Führung sehr zufrieden; sag mir, was ich dir antun soll, und nimmer, so lange ich atme, werde ich deine wackere Tat vergessen.« Sie erwiderte: »Es geziemt uns vor allen Dingen, die Leichname zu vergraben, damit das Geheimnis keinem einzigen kund wird.«

Hierauf nahm Ali Baba seinen Sklaven Abdallâh mit sich in den Garten, wo sie für die Räuber unter einem Baume ein tiefes Loch gruben, zu dem sie die Leichname, nachdem sie ihnen die Waffen abgenommen hatten, schleiften. Nachdem sie sie hineingeworfen hatten, bedeckten sie ihre Überreste mit Erde und ebneten den Boden, dass er so wie zuvor aussah. Ebenso versteckten sie die Schläuche, ihre Rüstungen und die Waffen, worauf Ali Baba die Maultiere einzeln oder zu zweit auf den Basar sandte und sie unter dem geschickten Beistand seines Sklaven Abdallâh nach und nach verkaufte. So blieb die Sache verschwiegen und kam niemand zu Ohren. Indessen blieb Ali Baba in steter Aufregung, dass der Hauptmann oder die beiden überlebenden Räuber sich an seinem Haupt rächen könnten. Er hielt sich sorgsam verborgen und achtete darauf, dass niemand ein Wort von dem Vorfall und dem Reichtum erfuhr, den er aus der Räuberhöhle fortgeschafft hatte.

Inzwischen war der Räuberhauptmann in heißem Zorn und tiefem Verdruss in das Dickicht entflohen; der Verstand war ihm wie verstört und die Farbe seines Gesichtes war wie aufsteigender Rauch entschwunden. Er dachte über die Sache hin und her und beschloss zuletzt, Ali Baba unbedingt zu ermorden, um nicht an seinen Feind alle seine Schätze zu verlieren, da dieser die Zauberworte kannte. Außerdem aber entschied er sich, die Tat einzeln zu vollbringen; und nach Beseitigung Ali Babas wollte er eine neue Räuberbande um sich scharen und sein altes Räuberhandwerk, das seine Vorfahren bereits seit vielen Generationen betrieben hatten, weiter fortsetzen.

Mit diesem Beschluss legte er sich in jener Nacht zur Ruhe, und als er sich am andern Morgen erhob, legte er einen anständigen Anzug an und kehrte in einer Karawanserei in der Stadt ein, indem er bei sich sprach: »Zweifellos ist die Ermordung so vieler Leute dem Wali zu Ohren gekommen, und Ali Baba ist festgenommen und vor Gericht geführt;

sein Haus ist dem Boden gleichgemacht und sein Gut konfisziert. Das Stadtvolk muss sicherlich Kunde hiervon haben.« Er fragte daher sofort den Pförtner des Chans: »Welche merkwürdigen Ereignisse sind während der letzten Tage in der Stadt vorgefallen?« Der Pförtner berichtete ihm alles, was er gesehen und gehört hatte, doch konnte der Hauptmann nicht das Geringste von dem, was ihn am meisten anging, erfahren. Er ersah hieraus, dass Ali Baba vorsichtig und klug war und dass er nicht nur so viele Schätze fortgeschafft, sondern auch so viele Menschenleben umgebracht hatte und mit heiler Haut davongekommen war; ja, er müsste selber scharf auf der Hut sein, um nicht in die Hände seines Feindes zu fallen und umzukommen. Hierauf mietete er sich einen Laden im Basar, in den er ganze Ballen der feinsten Stoffe und feine Waren aus seinem Schatz im Dickicht schaffte. Dann setzte er sich in den Laden und begann zu handeln. Der Zufall wollte es aber, dass sich sein Laden gegenüber dem des verstorbenen Kâsim befand, wo nunmehr sein Sohn, Ali Babas Neffe, Handel trieb. Der Hauptmann, der sich den Namen Chawâdscha Hasan beigelegt hatte, schloss deshalb bald Bekanntschaft und Freundschaft mit den Ladeninhabern seiner Nachbarschaft und behandelte alle mit verschwenderischer Höflichkeit, vor allem aber war er gegen Kâsims Sohn, einen hübschen, wohlgekleideten Jüngling, voll ausgesuchter Freundlichkeit und Herzlichkeit und saß häufig lange Zeit bei ihm und unterhielt sich mit ihm. Wenige Tage später traf es sich, dass Ali Baba, wie er es von Zeit zu Zeit tat, seinen Neffen besuchte und ihn in seinem Laden sitzend antraf. Der Hauptmann erblickte ihn und erkannte ihn sofort, und eines Morgens fragte er den Jüngling: »Ich bitte dich, sag mir, wer es ist, der dich von Zeit zu Zeit in deinem Laden besucht.« Der üngling erwiderte: »Es ist mein Oheim, der Bruder meines Vaters.« Da behandelte ihn der Räuberhauptmann mit noch größerer Freundlichkeit und Güte, um ihn desto leichter zu seinen Zwecken zu hintergehen, und machte ihm Geschenke und lud ihn zu sich zu Tisch ein, ihn mit den auserlesensten Gerichten bewirtend. Da gedachte Ali Babas Neffe bei sich, es wäre nur recht und schicklich, den Kaufmann ebenfalls zum Abendessen einzuladen, und da sein Haus klein und beengt war, so dass er keinen Glanz entfalten konnte, wie es der Chawâdscha Hasan tat, besprach er mit seinem Oheim die Angelegenheit. Ali Baba erwiderte seinem Neffen: »Du hast recht; du musst deinen Freund in der besten Weise aufnehmen, wie er dich bewirtet hat. Morgen am Freitag schließe wie alle angesehenen Kaufleute deinen Laden und führe nach dem Morgenimbiss den Chawâdscha Hasan ins Freie. Beim Spazierengehen führe ihn dann unvermerkt hierher, während ich Mardschâna inzwischen beauftrage, die feinsten Fleischgerichte und alles zu einem Fest Erforderliche herzurichten. Bemühe dich in keiner Weise, sondern vertraue die Sache meinen Händen an.« Infolgedessen holte am andern Tage, am Freitag, Ali Babas Neffe den Chawâdscha Hasan zu einem Spaziergang im Garten ab, und als sie zurückkehrten, führte er ihn in die Straße, in der sein Oheim wohnte. Als sie bei dem Haus angelangt waren, hielt der Jüngling an und sagte, indem er an die Tür pochte: »Mein Oheim hat viel von dir und deiner Güte gegen mich vernommen und trägt großes Verlangen, dich zu sehen; solltest du einwilligen, einzutreten und ihn zu besuchen, so würde ich von Herzen froh und dir dankbar sein.« Wiewohl nun der Chawâdscha Hasan in seinem Herzen frohlockte, auf solche Weise Zutritt ins Haus seines Feindes erlangt zu haben, und nunmehr hoffte, bald sein

Ziel durch Verrat zu erreichen, so zögerte er doch einzutreten und stand da, um sich zu entschuldigen und fortzugehen. Als aber die Tür von dem Pförtner geöffnet ward, ergriff Ali Babas Neffe seinen Gefährten bei der Hand und führte ihn nach langem Zureden hinein, worauf er unter Zeichen von großer Freude über das hohe Glück und die Ehre eintrat. Der Hausherr empfing ihn mit größter Freundlichkeit und Hochachtung und fragte ihn nach seinem Befinden, indem er zu ihm sprach: »O mein Herr, ich bin dir zu Dank verpflichtet, dass du so freundlich zu meinem Neffen gewesen bist, und ich sehe, dass du ihn noch zärtlicher liebst als ich selber.« Der Chawâdscha Hasan erwiderte ihm mit gefälligen Worten und sprach: »Dein Neffe hat mein ganzes Herz eingenommen, und ich finde großen Gefallen an ihm, da er, wiewohl noch so jung an Jahren, doch mit großer Klugheit von Gott, dem Erhabenen, ausgestattet ist.« So plauderten beide freundschaftlichst miteinander, bis sich der Gast mit den Worten erhob: »O mein Herr, dein Sklave muss sich nun von dir verabschieden; an einem spätern Tage jedoch wird er dir, so Gott will, der Erhabene, wieder aufwarten.« Ali Baba wollte ihn nicht gehen lassen und fragte ihn: »Wohin willst du gehen, mein Freund? Ich möchte dich gern zu Tisch einladen und bitte dich, an unserm Mahl teilzunehmen, ehe du in Frieden heimgehst. Vielleicht sind die Gerichte nicht so kostbar, als du zu essen gewohnt bist, jedoch bitte ich dich, mir diesen Gefallen zu tun und dich an meiner Speise zu erlaben.« Der Chawâdscha Hasan erwiderte: »O mein Herr, ich bin dir für deine freundliche Einladung sehr verbunden, doch musst du mich aus einem ganz bestimmten Grunde entschuldigen; lass mich daher fortgehen, denn ich kann nicht länger hier verweilen und dein huldreiches Anerbieten annehnen.« Der Gastgeber erwiderte hierauf: »Ich bitte dich, mein Herr, sag mir, was das für ein dringender und gewichtiger Grund ist.« Da versetzte der Chawâdscha Hasan: »Der Grund ist der, dass ich auf Rat des Arztes, der mich kürzlich von einer Krankheit kurierte, kein mit Salz zubereitetes Fleisch essen darf.« Da sagte Ali Baba: »Wenn dies alles ist, so beraube mich, ich bitte dich, nicht der Ehre deiner Gesellschaft. Da die Gerichte noch nicht gekocht sind, so will ich dem Koch verbieten, sie mit Salz anzurichten. Bleib eine Weile hier, ich will sofort wieder zu dir zurückkehren.« Mit diesen Worten ging Ali Baba hinaus zu Mardschâna und befahl ihr, kein Salz an irgendeine der Speisen zu tun. Mardschâna verwunderte sich, während sie mit dem Kochen beschäftigt war, höchlichst über solchen Befehl und fragte ihren Herrn: »Was ist das für ein Mann, der Fleisch ohne Salz isst?« Er erwiderte: »Was kümmert es dich, wer es ist? Tue nur nach meinem Geheiß.« Sie entgegnete: »Es ist gut. Alles soll nach deinem Wunsch geschehen.« Im Stillen verwunderte sie sich jedoch über den Mann, der solch ein sonderbares Verlangen stellte, und wünschte sehr, ihn zu sehen. Als daher alle Gerichte zum Auftragen fertig waren, half sie dem Sklaven Abdallâh, den Tisch aufzutragen und das Mahl zu servieren; sobald sie aber einen Blick auf den Chawâdscha Hasan geworfen hatte, erkannte sie ihn, wiewohl er sich als fremder Kaufmann verkleidet hatte, und bemerkte obendrein, als sie ihn genauer ins Auge fasste, dass er einen Dolch unter seinem Gewand verborgen trug. Da sprach sie bei sich: ›So! So! Das ist der Grund, weshalb der Schurke kein Salz essen will, um eine Gelegenheit zur Ermordung meines Herrn zu suchen, dessen Todfeind er ist. Indessen will ich ihm zuvorkommen und ihn unschädlich machen, ehe er meinem Herrn ein Leid zufügt.‹

Nachdem Mardschâna ein weißes Tuch über den Tisch gedeckt und das Mahl aufgetragen hatte, kehrte sie in die Küche zurück und ersann sich ihren Plan gegen den Räuberhauptmann. Als Ali Baba und der Chawâdscha Hasan ihr Mahl beendet hatten, befahl Abdallâh Mardschâna der Nachtisch aufzutragen, worauf sie den Tisch abdeckte und frische und getrocknete Früchte auf Präsentiertellern servierte. Dann setzte sie neben Ali Baba einen kleinen Tisch mit drei Bechern und einer Flasche Wein und zog sich mit Abdallâh in einen andern Raum zurück, als ob sie ebenfalls das Nachtessen einnehmen wollte. Als nun der Chawâdscha Hasan, der verkleidete Räuberhauptmann, die Luft rein sah, frohlockte er mächtig und sprach bei sich: ›Die Stunde ist für mich genaht, volle Rache zu nehmen; mit einem Dolchstich will ich diesen Kerl beseitigen und dann durch den Garten entfliehen und meines Weges gehen. Sein Neffe wird es nicht wagen, sich mir zu widersetzen denn, wenn er nur einen Finger oder eine Zehe zu diesem Zwecke rührt, schließt ein andrer Dolchstoß seine irdische Rechnung ab. Ich muss mich jedoch noch eine Weile gedulden, bis der Sklave und die Köchin gegessen und sich in der Küche schlafen gelegt haben.‹ Mardschâna beobachtete ihn indessen scharf und sprach bei sich, seine Absicht erratend: ›Ich muss diesem Schurken keinen Vorteil über meinen Herrn einräumen, sondern durch irgendein Mittel seinen Plan vereiteln und sofort seinem Leben ein Ende machen.‹ Hierauf wechselte die treue Sklavin, so schnell sie konnte, ihren Anzug und legte die Tracht von Tänzerinnen an; sie verschleierte ihr Gesicht mit einem kostbaren Tuch, band einen feinen Turban um ihr Haupt und um ihre Taille ein gold- und silbergesticktes Tuch, in das sie einen Dolch steckte, dessen Griff mit reicher Filigranarbeit und Juwelen verziert war. In solcher Verkleidung sagte sie zu Abdallâh: »Nimm dein Ṭamburin, damit wir zu Ehren des Gastes unsres Herrn spielen und singen und tanzen.« Abdallâh tat nach ihrem Geheiß, und so traten die beiden in das Zimmer, indem der Bursche das Tamburin schlug und das Mädchen ihm folgte. Nachdem sie eine tiefe Verbeugung gemacht hatten, baten sie um Erlaubnis, eine Vorstellung zu geben und zu spielen und Kurzweil zu treiben. Ali Baba erteilte ihnen die Erlaubnis hierzu und sagte: »Tanzt und tut euer Bestes, dass sich unser Gast vergnügt und belustigt.« Und der Chawâdscha Hasan versetzte: »O mein Herr, du verschaffst uns in der Tat viele angenehme Unterhaltung.« Hierauf begann der Sklave Abdallâh das Tamburin zu schlagen, während Mardschâna ihre ganze Kunst entfaltete und die Zuschauer mit ihren anmutigen Schritten und ihrer gefälligen Bewegung höchlichst entzückte; und mit einem Male zückte sie den Dolch aus ihrem Gurt und schwang ihn, indem sie von einer Seite zur andern schritt, ein Schauspiel, das allen am besten gefiel. Bisweilen stand sie auch vor ihnen still, indem sie bald den scharfen Dolch unter ihre Achselgrube stieß, bald ihn auf ihre Brust setzte. Zum Schluss nahm sie das Tamburin dem Sklaven Abdallâh ab und machte, den Dolch immer noch in ihrer rechten Hand haltend, die Runde, um Geschenke zu empfangen, wie es der Brauch der Schauspieler und Possenreißer ist. Zuerst trat sie an Ali Baba heran, der ihr ein Goldstück ins Tamburin warf; ebenso warf sein Neffe einen Aschrafi hinein, worauf der Chawâdscha Hasan, als er sah, dass sie auf ihn zukam, seine Börse herauszuziehen begann, während sie sich ein Herz fasste und ihm schnell wie der blendende Blitz den Dolch in den Leib stieß, dass der Schurke sogleich tot zu Boden sank. Entsetzt rief Ali Baba in hellem Zorn: »Unselige, was hast du getan, um mein Verderben herbeizuführen!« Sie versetzte jedoch: »Nein, mein Herr, vielmehr um dich zu erretten und nicht, um Leid über dich zu bringen, habe ich diesen Mann ermordet. Löse nur sein Gewand und schau, was du unter ihm entdecken kannst.« Da untersuchte Ali Baba die Kleidung des Ermordeten und fand einen Dolch in ihr verborgen, worauf Mardschâna sagte: »Dieser Schurke war dein Todfeind. Betrachte ihn wohl; er ist kein andrer als der Ölhändler, der Hauptmann der Räuberbande. Als er hierherkam, um dir das Leben zu nehmen, wollte er nicht von deinem Salz essen; und als du mir sagtest, er wünsche kein Salz am Fleisch, da schöpfte ich Verdacht und erkannte beim ersten Blick, dass er dich ermorden wollte. Gott, der Erhabene, sei gelobt, es ist so, wie ich es vermutete!«

Da überhäufte sie Ali Baba mit Danksagungen und sprach: »Nun hast du mich zweimal aus seiner Hand errettet.« Alsdann fiel er ihr um den Hals und rief: »Du bist frei und als Belohnung für deine Treue vermähle ich dich mit meinem Neffen.« Indem er sich dann zu seinem Neffen wandte, sagte er: »Tu, wie ich es dir sage, und du wirst glücklich sein. Ich wünsche, dass du Mardschâna heiratest, die ein Muster von Pflichterfüllung und Treue ist. Du siehst nun, dass jener Chawâdscha Hasan allein deine Freundschaft suchte, um eine Gelegenheit zu finden, mir das Leben zu nehmen, dieses Mädchen aber ermordete ihn durch ihren Verstand und ihre Klugheit und errettete uns.« Ali Babas Neffe willigte sofort ein, sie zu heiraten, worauf die drei den Leichnam aufhoben und ihn mit aller Vorsicht und Wachsamkeit forttrugen und ihn heimlich im Garten begruben, so dass lange Jahre niemand etwas davon erfuhr. Dann verheiratete Ali Baba seinen Neffen mit Mardschâna unter großem Pomp und feierte mit seinen Freunden und

Nachbarn die Hochzeit mit dem größten Aufwand, indem er sich mit ihnen bei Gesang und Tanz und allerlei Lustbarkeiten vergnügte. Er hatte in allen Unternehmungen Glück, die Zeit lächelte ihm, und es öffnete sich ihm eine neue Quelle des Reichtums. Aus Furcht vor den Räubern hatte er, seitdem er den Leichnam seines Bruders Kasim aus der Schatzhöhle im Dickicht geholt hatte, dieselbe kein einziges Mal besucht. Einige Zeit nach diesen Ereignissen bestieg er jedoch sein Reitpferd eines Morgens und zog mit aller Hut und Vorsicht dorthin. Als er keine Spur von Leuten oder Pferden wahrgenommen hatte, fasste er sich ein Herz und ritt nahe an die Tür heran. Dann stieg er ab und band sein Pferd an einen Baum, worauf er an den Eingang trat und die Zauberworte »Sesam, tue dich auf!«, sprach, die er nicht vergessen hatte. Die Tür sprang wie gewöhnlich sofort auf, und als er nun eintrat, sah er die Güter und Schätze von Gold und Silber unberührt daliegen, so wie er sie verlassen hatte. Er ward hierdurch vergewissert, dass keiner der Räuber mehr am Leben war und außer ihm keine einzige Seele von dem Geheimnis jener Stätte etwas wusste. Er band sogleich in sein Satteltuch eine so große Ladung Aschrafis, als sein Pferd zu tragen vermochte, und brachte sie heim; und in späteren Tagen zeigte er den Schatz seinen Söhnen und Enkeln und lehrte sie, die Tür zu öffnen und schließen.

So lebte Ali Baba mit seinem Haus allzeit seines Lebens in Reichtum und Freude in derselben Stadt, in der er zuvor ein armer Mann gewesen war, und durch den Segen des verborgenen Schatzes stieg er zu hohen Würden und Ehren.

Die Geschichte der messingnen Stadt

Märchen aus Tausendundeiner Nacht

Ferner kam mir zu Ohren, dass einst in alten Zeiten und längst entschwundenen Tagen zu Damaskus in Syrien ein König von den Kalifen namens Abd al-Malik ibn Marwân lebte. Als dieser eines Tages, umringt von den Großen seines Reiches, den Königen und Sultanen, dasaß und sie hierbei auch auf die Geschichte der vergangenen Völker zu sprechen kamen und auf die Überlieferungen von unserm Herrn Salomo, dem Sohn Davids – Frieden auf beide! – und die Herrschaft und Macht, die Gott, der Erhabene, ihm über die Menschen, Dschinn, Vögel, Tiere und andere Wesen gegeben hatte, sagten einige: »Wir hörten von den Früheren, dass Gott – Preis Ihm, dem Erhabenen! – keinem Ähnliches als unserm Herrn Salomo verlieh und dass unser Herr Salomo Macht zu etwas hatte, was sonst niemand vermag, dass er nämlich die Dschinn und die Mâride[1] und Satane in kupferne Flaschen einzusperren pflegte, die er mit geschmolzenem Blei verschloss und mit seinem Siegelring versiegelte.«

Da sagte Tâlib: »Es stieg einmal ein Mann mit einer Gesellschaft zu Schiff und fuhr gen Indien, als sich unterwegs ein Sturm erhob und sie im Dunkel der Nacht zu einem der Länder Gottes, des Erhabenen, verschlug. Bei Tagesanbruch kamen zu ihnen aus den Höhlen jenes Landes Leute von schwarzer Farbe und nacktem Leib heraus, als wären es wilde Tiere, die kein Wort von dem, was zu ihnen gesprochen wurde, verstanden. Nur ihr König, der von ihrer Art war, verstand Arabisch. Als sie nun das Schiff und die Menschen,

---

1 Herrscher über Dschinn und Satane

die sich auf ihm befanden, erblickten, kam der König, von einem Trupp seines Gefolges begleitet, zu ihnen heraus, begrüßte sie, hieß sie willkommen und fragte sie nach ihrem Glauben. Da gaben sie ihm über sich Auskunft, und er erwiderte ihnen: ›Seid unbesorgt.‹ Als er sie aber nach ihrem Glauben befragte, fand er, dass jeder von ihnen einer andern Religion anhing, und dass sie nichts von der Religion des Islams und der Entsendung unsers Herrn Muhammad – Gott segne ihn und spende ihm Heil! – wussten, und der König sagte zu ihnen: ›Vor euch ist noch kein Mensch zu uns gekommen.‹ Hierauf bewirtete er sie mit dem Fleisch von Vögeln, wilden Tieren und Fischen, da sie keine andere Speise hatten. Dann stiegen sie vom Schiff ans Land, um sich die Stadt zu besehen, und gewahrten einen Fischer, welcher gerade sein Netz ins Meer geworfen hatte und fischte. Als er es wieder herauszog, befand sich im Netz eine kupferne, mit Blei verschlossene und versiegelte Flasche, welche den Stempel des Siegelringes Salomos, des Sohnes Davids – Frieden auf beide! – trug. Da nahm der Fischer die Flasche ans Land und brach sie auf, worauf ein bläulicher Rauch aus ihr bis zu den Wolken des Himmels stieg; und wir hörten eine abscheuliche Stimme rufen: ›Ich bereue, ich bereue, o Prophet Gottes!‹ Hierauf verwandelte sich der Rauch zu einer Gestalt von entsetzlichem Aussehen und furchtbarer Größe, deren Haupt bis zu den Gipfeln der Berge reichte, um dann vor unsern Augen zu verschwinden. Während nun die Herzen der Leute vom Schiff vor Furcht beinahe aus dem Leibe gerissen wurden, kehrten sich die Schwarzen gar nicht daran, weshalb der Mann zum König zurückkehrte und ihn über den Vorfall befragte. Da sagte der König: ›Wisse, das war einer der Dschinn, welche Salomo, der Sohn Davids, in seinem Zorne in diese Flasche sperrte und, nachdem er sie mit Blei verschlossen hatte, ins Meer warf. Wenn die Fischer ihr Netz auswerfen, ziehen sie häufig solche Flaschen heraus, aus denen, wenn sie zerbrochen werden, ein Dschinnî herauskommt, welcher, im Glauben, Salomo sei noch am Leben, reuig spricht: Ich bereue, o Prophet Gottes!«

Der Fürst der Gläubigen Abd al-Malik ibn Marwân verwunderte sich über diese Geschichte und rief: »Preis sei Gott! In der Tat, dem Salomo war ein mächtiges Reich verliehen!« Unter den Anwesenden befand sich aber auch an-Nâbigha adh-Dhubyâni, welcher sagte: »Tâlib hat auch Wahres berichtet, wofür das Wort des ersten Weisen zeugt:

Und Gott sprach zu Salomo: Steh auf und sei Kalif,
Walte als Herrscher mit Eifer und Fleiß!
Wer dir gehorcht, den ehre ob seines Gehorsams,
Und wer sich widersetzt, den sperr auf ewig ein!

Weshalb er sie in kupferne Flaschen sperrte und ins Meer warf.«

Dem Fürsten der Gläubigen gefielen diese Worte, und er rief: »Bei Gott, ich möchte wohl einmal solch eine Flasche sehen!« Da sagte Tâlib ibn Sahl zu ihm: »O Fürst der Gläubigen, du hast die Macht hierzu, ohne dass du dein Land zu verlassen brauchst. Schicke nur zu deinem Bruder Abd al-Azîz ibn Marwân, dass er dir solche Flaschen aus dem Maghreb besorgt, indem dass er an Mûsa schreibt und ihm befiehlt, von dem Maghreb zu dem erwähnten Gebirge zu reiten und dir von dort so viele Flaschen zu beschaffen, als du begehrst; denn jenes Gebirge stößt an die Grenzen seiner Provinz.« Der Fürst der Gläubigen billigte diesen Vorschlag und sagte: »Tâlib, du hast recht gesprochen, und ich

wünsche, dass du in Betreff dieser Sache als mein Gesand-
ter zu Mûsa ibn Nusair ziehst; du sollst das weiße Banner
haben und alles, was du an Geld, Ehren und dergleichen begehrst, und ich will an deiner Stelle für deine Familie sorgen.« Tâlib versetzte: »Freut mich und ehrt mich, o Fürst
der Gläubigen!« Und der Kalif entgegnete: »Ziehe hin mit
Gottes, des Erhabenen, Segen und Hilfe!« Hierauf befahl
er, dass sie ihm einen Brief an seinen Bruder Abd al-Azîz,
den Vizekönig von Ägypten, und einen anderen an Mûsa,
den Vizekönig vom Maghreb, schrieben, Letzterem gebie-
tend, sich in Person auf die Suche nach den salomonischen
Flaschen zu machen und seinen Sohn als Regenten über das
Land zu bestellen. Auch solle er Führer mit sich nehmen,
weder Geld noch Leute sparen und nicht verziehen und
Entschuldigungen vorbringen. Hierauf siegelte der Kalif
die beiden Briefe und befahl Tâlib ibn Sahl, ihm dieselben
überreichend, sich zu beeilen und die Banner über sein
Haupt zu pflanzen. Dann gab er ihm Geld und Reisige und
Mannen zu seinem Geleit und befahl, während sich Tâlib
zur Fahrt nach Ägypten aufmachte, sein Haus mit allen Be-
dürfnissen zu versehen.

Als Tâlib ibn Sahl mit seinen Gefährten das Land zwischen Syrien und Ägypten durchmessen hatte, holte ihn
der Emir von Ägypten ein und bewirtete ihn bei sich während der Zeit seines Aufenthalts aufs gastlichste und ehren-
vollste. Alsdann gab er ihm einen Boten nach Oberägypten
zum Emir Mûsa ibn Nusair mit, welcher auf die Nachricht
von Tâlibs Kommen ihm erfreut zum Empfang entgegen-
zog. Tâlib überreichte ihm das Schreiben, und er nahm es;
und, als er es gelesen und seinen Inhalt begriffen hatte,
führte er es an sein Haupt und sagte: »Ich höre und gehorche dem Fürsten der Gläubigen.« Dann berief er, da er dies

für das Beste hielt, die Großen seines Reiches, und als sie erschienen waren, befragte er sie nach ihrer Ansicht in Betreff des Schreibens. Da erwiderten sie: »Wenn du einen suchst, dass er dir den Weg dorthin weist, so lass den Scheich Abd as-Samad ibn Abd al-Kuddûs as-Samûdi kommen; derselbige ist ein kundiger, vielgereister Mann, der alle die Steppen und Wüsten und Meere und Länder und ihre Bewohner und Wunder kennt. Lass ihn kommen, er wird dich überall hinführen.« Da befahl der Emir, ihn herzubringen, und, als er vor ihm erschien, siehe, da war's ein alter Scheich, den der Jahre Kreislauf und der Zeiten Flucht schwach und gebrechlich gemacht hatte. Der Emir Mûsa begrüßte ihn und sagte zu ihm: »Scheich Abd as-Samad, siehe, unser Gebieter, der Fürst der Gläubigen Abd al-Malik ibn Marwân, hat uns das und das geboten; ich aber kenne jenes Land zu wenig, und man sagte mir, du kennest es und seiest der Wege kundig. Hast du Lust, den Auftrag des Fürsten der Gläubigen auszurichten?« Da versetzte der Scheich: »Wisse, o Emir, die Reise dorthin ist beschwerlich und von langer Dauer, und der Pfade sind wenig.« Nun fragte ihn der Emir: »Wie lange währt die Reise dorthin?« Und der Scheich erwiderte: »Es ist ein Weg von zwei Jahren und etlichen Monden hin und ebenso viel zurück, und unterwegs gibt's viel der Fährlichkeiten und Schrecknisse und der märchenhaften Dinge und Wunder. Nun bist du aber ein Glaubensstreiter, und unser Land liegt nahe dem Feind, so dass während deiner Abwesenheit die Nazarener leicht hervorbrechen können. Es ist daher erforderlich, dass du über dein Reich einen Regenten als deinen Stellvertreter einsetzest.« Mûsa erwiderte: »Jawohl«; und so setzte er seinen Sohn Harûn als seinen Stellvertreter ein, indem er ihm Treue schwören ließ und seinen Truppen gebot, sich ihm nicht zu widersetzen, sondern ihm in allen seinen Befehlen zu gehorchen. Und die Truppen hörten auf seine Worte und gehorchten ihm. Sein Sohn Harûn aber war ausgezeichnet durch Tapferkeit und ein berühmter Held und trutziger Degen, und der Scheich Abd as-Samad gab ihm zu verstehen, dass der Ort, den sie im Auftrage des Fürsten der Gläubigen aufzusuchen hatten, nur vier Monate entfernt und am Meeresstrand gelegen wäre und dass überall auf dem Wege die Stationen einander dicht folgten und Gras und Quellen vorhanden wären. »Gott«, so schloss er, »wird uns die Fahrt durch deinen Segen leicht machen, o Vizekönig des Fürsten der Gläubigen!« Dem Emir Mûsa aber, der ihn fragte, ob bereits vor ihnen ein König jenes Land betreten hätte, antwortete er: »Jawohl, o Fürst der Gläubigen; das Land gehörte dem König von Alexandria, Darân dem Rhomäer.« Dann sagte der Scheich zu ihm: »O Emir, nimm tausend Kamele zum Tragen des Wassers, tausend für die Reisezehrung und außerdem irdene Krüge mit.« Der Emir fragte ihn: »Weshalb sollen wir dies tun?« Und er erwiderte: »Auf unserm Wege liegt eine Wüste, die Wüste von Kairawân geheißen, die vierzig Tagesreisen breit ist und wenig Wasser hat. Keinen Laut hört man in ihr, kein menschliches Wesen schaut man daselbst, und es weht dort der Samûm und andere Winde, al-Dschudschâb geheißen, welche die Wasserschläuche austrocknen; doch so man das Wasser in irdenen Gefäßen mit sich führt, kann ihm nichts geschehen.« Da sagte Mûsa: »Du hast recht«, und ließ von Alexandria eine Menge irdener Bierkrüge holen. Dann nahm er seinen Wesir und zweitausend Panzerreiter zu sich und ritt aus, von niemand weiter begleitet als von der Reiterei, den Kamelen und dem Scheich, der auf seinem Klepper als Wegweiser voranritt. Die Karawane zog unverdrossen des Weges, bald durch bewohnte Gefilde und bald durch Ruinen, bald durch öde Wüsten und bald durch wasserlose, tote, durstige Striche, bald wieder zwischen himmelhohen Bergen, ein volles Jahr lang. Als sie nun eines Nachts wieder gereist waren, gewahrten sie am Morgen, dass sie vom Wege abgeirrt waren und sich in einer unbekannten Gegend befanden. Da rief der Führer: »Es gibt keine Macht und keine Kraft außer bei Gott, dem Hohen und Erhabenen! Beim Herrn der Kaaba, wir sind vom Weg abgekommen!« Als der Emir Mûsa dies vernahm, fragte er: »Was ist geschehen, o Scheich?« Der Scheich erwiderte: »Wir sind vom Weg abgekommen.« »Und wie kam das?«, fragte Mûsa. Er versetzte: »Die Sterne waren des Nachts nicht zu sehen, so dass ich mich nicht nach ihnen richten konnte.« Nun fragte Mûsa: »Und in welchem Lande befinden wir uns jetzt?« Der Scheich entgegnete: »Ich weiß es nicht; ich sehe diese Gegend heute zum ersten Male.« Da sagte der Emir: »So führe uns zu dem Fleck zurück, an welchem wir von unserm Wege abbogen.« Der Scheich entgegnete jedoch: »Ich weiß nicht mehr, wo es war.« Infolgedessen sagte Mûsa: »So lass uns weiterziehen, vielleicht wird uns Gott dorthin führen oder uns doch in seiner Allmacht recht leiten.« Hierauf zogen sie bis zur Mittagszeit weiter, als sie zu einem ebenen, hübschen und ganz gleichmäßigen Gefilde gelangten, als wäre es das Meer, wenn es ruhig und still daliegt, und bald darauf erblickten sie am Horizont einen hohen und großen schwarzen Gegenstand, mitten über dem ein Rauch zu den Wolken des Himmels aufzusteigen schien. Da ritten sie auf den Gegenstand zu, bis sie ihm nahegekommen waren, und siehe, da war es ein hoher Bau mit festen Fundamenten, furchtbar und gewaltig wie ein hoher Berg, aus schwarzen Steinen erbaut, mit dräuenden Zinnen und einem Tor aus chinesischem Eisen, das mit seinem Blitzen und Blinken die Blicke blendete und die Sinne verwirrte. Rings um das Gebäude befanden sich tausend Stufen, und was ihnen aus der Ferne Rauch geschienen hatte, da es mitten über dem Schloss aufstieg, war eine Kuppel von Blei, deren Höhe hundert Ellen betrug und die aus der Ferne wie Rauch aussah. Bei ihrem Anblick verwunderte sich der Emir Mûsa, zumal das Schloss unbewohnt dalag; der Führer aber sprach: »Lasst uns nähertreten und das Schloss beschauen, um uns an ihm eine Lehre zu nehmen.« Mit einem Male, als er sich vergewissert hatte, rief er: »Es ist kein Gott außer Gott, und Muhammad ist der Gesandte Gottes!« Da sagte der Emir Mûsa zu ihm: »Ich sehe, du preisest und heiligest Gott, den Erhabenen, und du scheinst dich zu freuen.« Der Scheich erwiderte: »O Emir, freue dich, denn Gott – gesegnet sei Er, der Erhabene! – hat uns aus den öden Wüsten und den verschmachtenden Steppen befreit.« Mûsa fragte: »Woher weißt du dies?« Und der Scheich versetzte: »Wisse, mein Vater erzählte mir, er hätte von meinem Großvater gehört, dass er auf seiner Reise durch diese Gegend, in der wir vom Wege abirrten, zu diesem Schloss und von hier zur messingnen Stadt gekommen wäre. Bis zu dem Orte, den du aufsuchst, sind nur noch zwei volle Monde, doch musst du dich am Strande halten und dich nicht von ihm entfernen, denn es befinden sich dort Tränken, Zisternen und Halteplätze, welche König Iskandar Dhul Karnain auf seinem Zuge nach dem Maghreb anlegte, als er unterwegs dürre Striche, Wüsten und öde Flächen sah.« Da rief der Emir Mûsa: »Gott erfreue dich mit guter Botschaft! Kommt, lasset uns nähertreten und dies Schloss und seine Wunderdinge anschauen, da es eine Lehre ist für alle, die sich belehren lassen.« Hierauf schritt der Emir Mûsa, begleitet von dem Scheich Abd as-Samad und seiner nächsten Umgebung, auf das Schloss zu, dessen Portal sie offen fanden. Es hatte hohe Pfeiler, und unter den Stufen, die zu ihm hinaufführten, befanden sich zwei breite Stufen aus buntem Marmor, wie man dergleichen bisher nicht gesehen hatte. Die Decken und Mauern waren mit Gold, Silber und edlem Gestein eingelegt, und über dem Tore befand sich eine Tafel mit junânischen Schriftzeichen beschrieben. Da fragte der Scheich Abd as-Samad: »Soll ich's lesen, o Emir?« Und Mûsa erwiderte: »Tritt herzu und lies, und Gott segne dich, denn alles, was wir auf dieser Reise erleben, rührt von deinem Segen her!« Da las er es, und siehe, es standen folgende Verse darauf:

> Hier schaust du ein Volk, das nach seinen gewaltigen
> Werken
> Die Herrschaft beweint, die ihm entrissen;
> Und das Schloss hier gibt dir die letzte Kunde
> Von stolzen Herren, die nun im Staube ruhn.
> Der Tod hat sie vertilgt und getrennt,
> Und im Staube verloren sie ihre Schätze all;
> Als hätten sie zur Rast nur die Lasten abgenommen
> Und wären dann schnell wieder heimwärts gezogen.

Da weinte der Emir Mûsa, bis er in Ohnmacht sank, und rief: »Es gibt keine Macht und keine Kraft außer bei Gott, dem Lebendigen, dem Ewigen, der immerdar währt!« Hierauf trat er ins Schloss, dessen Schönheit und Bauart ihn verwirrten. Nachdem er die Bilder und Statuen, die sich dort im Schloss befanden, betrachtet hatte, fand er über einer der Türen gleichfalls Verse geschrieben und sagte zum Scheich: »Tritt herzu und lies.« Da trat der Scheich herzu und las folgende Verse:

Wie viele Scharen kehrten in alter Zeit
Unter ihre Rundzelte ein und fuhren wieder
von hinnen!
Schau denn, wie der Wandel der Zeit mit andern
verfuhr,
Der solche Gewaltige überfiel.
Gemeinsam teilten sie all ihre Schätze
Und verließen ihre Freuden hier und fuhren
von hinnen.
Wie viele Freuden genossen sie! Was alles aßen sie!
Doch sanken sie in den Staub und wurden gefressen.

Da weinte der Emir Mûsa bitterlich, die Welt ward gelb in seinem Angesicht, und er rief: »Fürwahr, zu einem großen Ding sind wir erschaffen!« Alsdann nahmen sie das Schloss weiter in Augenschein und fanden, dass es unbewohnt und ausgestorben dalag, mit öden Höfen und feiernden[2] Räumen. Mitten im Schlosshof stand ein hoher, in den Himmel ragender Kuppelbau, um welchen vierhundert Gräber errichtet waren. Beim Nähertreten fand der Emir Mûsa eines unter ihnen aus Marmor erbaut, in welchen folgende Verse gegraben waren:

Wie oft stand ich im Streit und wie viele erschlug
mein Schwert,
Was sah ich nicht alles hier kommen und gehn!
Was aß ich für Speisen, was trank ich für Wein,
Wie viel Dirnen entzückten mein Ohr mit Gesang!
Was hab ich befohlen, was hab ich verwehrt,
Wie viele trotzige Burgen erstürmt

---

2 gähnend leere Räume

Und draus den Schmuck der Schönen geraubt!
In meiner Torheit doch frevelt' ich hier,
Nach Dingen zu streben, die morgen ein Nichts.
Drum, Mann, geh sorglich mit dir zu Rat,
Bevor du den Becher des Todes trinkst.
Nicht lange, dann streut man den Staub dir aufs Haupt,
Und du ruhst in der Grube, zerfallen zu Staub.

Da weinten der Emir Mûsa und alle seine Begleiter; dann
trat er an den Kuppelbau heran, welcher acht Türen aus San-
delholz hatte, die mit goldenen Nägeln und silbernen Ster-
nen beschlagen und mit allerlei kostbaren Edelsteinen eingelegt waren. Auf der ersten Tür standen folgende Verse:

Was ich hinter mir ließ, ließ ich aus Großmut nicht
                            hinter mir,
Sondern wie jeder, vom Verhängnis und Beschluss
                            ereilt.
So lange ich fröhlich lebte und reich beglückt,
Hütete ich wie ein grimmer Löwe mein Gehege;
Ich hatte nimmer Ruhe und gab kein Senfkorn fort
                            aus Geiz,
Selbst wenn man mich ins höllische Feuer geworfen
                            hätte,
Bis ich getroffen wurde vom Schicksalsspruch
Des hochherrlichen Gottes, des Schöpfers und
                            Erschaffers.
Als mir ein naher Tod verhängt war,
Vermochte ich ihn nicht mit all meinen Listen
                            abzuwehren;
Meine Truppen, die ich um mich geschart, nützten mir
                            nichts,

Und kein Freund und kein Nachbar konnten mir helfen.
Mein ganzes Leben lang plackt' ich mich auf der Fahrt
zum Tode,
Sei's heute im Glück und morgen in Nöten und
Drangsal.
Sind die Beutel voll und legst du Dinar zu Dinar,
Bevor noch der Morgen graut, gehört alles einem andern,
Und deine Erben holen dir einen Kameltreiber und
einen Totengräber.
So trittst du einsam am Tag deines Gerichts vor Gott,
Beladen mit Sünde, Verbrechen und schweren Lasten.
Drum lass dich nicht betrügen von der Welt und ihrem
gleißenden Schein,
Und schau, wie sie verfuhr mit deiner Familie und
deinem Nachbar.

Als der Emir Mûsa diese Verse vernahm, weinte er bitterlich, bis er in Ohnmacht sank; als er dann wieder zu sich kam, trat er in den Dom und erblickte darinnen ein langes, Grausen erregendes Grab mit einer Tafel aus chinesischem Eisen; da trat der Scheich Abd as-Samad näher und las folgende Inschrift: »Im Namen Gottes, des Unvergänglichen, der ewig und immerdar währt – im Namen Gottes, der nicht geboren ward und nicht gebärt – und dem keiner gleich an Wesen und Wert: – im Namen Gottes, des Herrn der Macht und Majestät – im Namen des Lebendigen, der nimmer vergeht!«

Nachdem der Scheich Abd as-Samad diese Worte gelesen hatte, fand er Folgendes auf der Tafel geschrieben: »Des Ferneren: O du, der du zu dieser Stätte gelangst, lass dich belehren durch die Ereignisse der Zeit und des Schicksals Wandlungen, die du hier schaust, und nicht betrügen von der Welt und ihrem Tand und all ihrem Falsch, ihrer Lüge, ihrem Trug und gleißendem Schein. Denn siehe, die Welt ist schmeichlerisch, arglistig und trügerisch, und alle ihre Dinge sind nur entlehnt, die der Verleiher von dem Leiher wieder einfordert. Wie des Schläfers Wahngebilde ist sie und wie des Träumenden Traum, wie die Fata Morgana der Wüste, die der Dürstende für Wasser nimmt; und Satan schmückt sie mit Gleißen für den Menschen bis zum Tod. Das ist die Art der Welt; drum vertraue nicht auf sie und neige dich nicht ihr zu, denn sie verrät den, der sich auf sie stützt und sich in seinen Angelegenheiten auf sie verlässt. Falle nicht in ihre Stricke und hänge dich nicht an ihre Säume. Siehe, ich besaß viertausend braune Rosse im Stall und freite tausend hochbusige, jungfräuliche Königstöchter, schön wie Monde, von denen mir tausend Söhne gleich trotzigen Löwen geboren wurden, und tausend Jahre lebte ich fröhlichen Herzens und Sinns und sammelte Schätze, wie sie kein König der Erde besaß. Mein Glück, wähnte ich, müsste ewig dauern, doch ehe ich mich's versah, stieg der Zerstörer der Freuden, der Trenner der Vereinigungen, der Veröder der Behausungen, der Verwüster der Wohnstätten und der Vertilger von Groß und Klein, von Säuglingen, Kindern und Müttern, zu uns hernieder. So saßen wir sicher in diesem Palast, bis der Beschluss des Herrn der Welten, des Herrn der Himmel und der Erden, zu uns niederstieg; da traf uns die Strafe der offenbaren Wahrheit, und es starben täglich zwei von uns, bis eine große Zahl von uns vertilgt war. Als ich sah, dass Vernichtung in unsere Wohnungen eingekehrt war und sich dort niedergelassen und uns ins Meer des Todes versenkt hatte, da ließ ich einen Schreiber kommen und befahl ihm, diese Verse, Ermahnungen und Lehren aufzuschreiben, und ließ sie mit dem

Zirkel auf diese Tore, Tafeln und Gräber aufzeichnen. Ferner hatte ich auch ein Heer von tausendmal tausend Zügeln, Degen mit Lanzen und Panzern, mit scharfen Schwertern und starken Vorderarmen. Ich befahl ihnen, die Panzerhemden anzuziehen, die schneidigen Schwerter umzugürten, die grausigen Lanzen einzusetzen und die ungeduldigen Rosse zu besteigen; und, als der Beschluss des Herrn der Welten, des Herrn der Erde und der Himmel, auf uns niederkam, sprach ich zu ihnen: ›Ihr Reisige und Mannen all zuhauf, könnt ihr wohl von mir abwehren, was der allgewaltige König auf mich herniedersandte?‹ Die Mannen und die Reisigen vermochten es jedoch nicht, sondern sprachen: ›Wie sollen wir mit dem streiten, dem kein Kämmerling den Weg versperrt, dem Herrn der Tür, die keinen Türhüter hat?‹ Da sprach ich zu ihnen: ›Bringt mir die Schätze her.‹ Ich hatte abertausend Zisternen und in jeder Zisterne tausend Zentner roten Goldes und ebenso viel an weißem Silber außer Perlen, Edelsteinen und dergleichen Kostbarkeiten, wie sie kein König der Erde besaß. Sie gehorchten meinem Befehl, und ich sprach zu ihnen, als sie die Schätze vor mich gebracht hatten: ›Könnt ihr mich mit all diesen Schätzen loskaufen oder mir mit ihnen auch nur noch einen Tag mehr erkaufen?‹ Sie aber vermochten es nicht und ergaben sich dem Verhängnis und Schicksal, und ich ergab mich ebenfalls in Gottes Verhängnis und Heimsuchung, bis er meine Seele nahm und mich in meiner Grube wohnen ließ; und so du nach meinem Namen fragst, ich bin Kûsch, der Sohn des Schaddâd, des Sohnes Âds des Größern.«

Ferner standen noch auf der Tafel die Verse:

So du meiner gedenkst nach meiner Zeit,
Nach dem Wechsel der Tage und den Ereignissen,

Wisse, Schaddâds Sohn bin ich, der über die
                              Sterblichen herrschte
Und über jedes Land in aller Welt.
Verächtlich waren mir alle die trotzigen Scharen,
Und Syrien diente mir von Ägypten an bis zu Adnân.
Ich herrschte hochberühmt und demütigte Könige,
Und das Volk der Erde bebte vor meiner Macht.
Stämme und Heerscharen sah ich in meiner Hand
Und sah, wie die Länder und ihre Bewohner mich
                              fürchteten.
Wenn ich zu Pferd stieg, sah ich als meines Heeres Zahl
Auf wiehernden Rossen tausendmal tausend Zügel.
Geld und Gut auch besaß ich in zahlloser Menge,
Das ich für die Wechsel der Zeiten mir aufgespeichert
                              hatte.
Gern hätt' ich mit all meinem Gut meine Seele
                              losgekauft,
Um den Tod noch für eine Stunde hinauszuschieben,
Doch Gott wollte nichts als seines Willens Erfüllung,
Und so ward ich von meinen Brüdern getrennt.
Der Tod, der Sterblichen Trenner, besuchte mich,
Und vom Ruhm musst' ich hinüber ins Haus der
                              Verachtung.
Dort fand ich all meine früheren Taten wieder,
Für die ich verpfändet bin, ein Sünder zuvor.
Darum bedenk, dass du auf dem Rande von Tod und
                              Leben bist,
Und hüte dich vor den Unfällen des Schicksals!

Beim Anblick dieses Totenfeldes weinte der Emir Mûsa, bis
er in Ohnmacht sank. Als sie dann den Palast auf allen Wegen durchwanderten und seine Zimmer und Lustplätze in

Augenschein nahmen, kamen sie auch zu einem marmornen Tisch auf vier Füßen, auf welchem geschrieben stand: »An diesem Tisch speisten tausend einäugige Könige und tausend mit gesunden Augen, die alle die Welt verließen und in den Gräbern und Grüften wohnen.«

Alles dies schrieb der Emir Mûsa auf und nahm aus dem Palast nichts weiter als den Tisch mit sich. Dann zog er mit den Truppen weiter, der Scheich Abd as-Samad als Führer ihnen voran, bis sie nach Verlauf von drei Tagen zu einem hohen Hügel gelangten, auf welchem sie einen kupfernen Reiter erblickten, auf dessen breiter Lanzenspitze, die mit ihrem Blitzen fast die Augen blendete, Folgendes geschrieben stand: »O du, der du zu mir kommst, wenn du den Weg zur messingnen Stadt nicht weißt, so reibe die Handfläche dieses Reiters, der sich dann umdrehen wird. Schlag die Richtung ein, nach welcher er schaut, wenn er wieder stehen geblieben ist, und sei unbesorgt und ohne Furcht, denn auf diesem Wege gelangst du nach der messingnen Stadt.«

Wie nun Mûsa die Handfläche des Reiters rieb, kehrte er sich wie der blendende Blitz um und wendete sich nach einer andern Richtung, als sie zuvor innegehabt hatten, worauf sie sich in dieser Richtung aufmachten und fanden, dass es ein richtiger Weg war. Nachdem sie manche Nacht und manchen Tag weitergezogen waren und weite Landstrecken durchmessen hatten, gewahrten sie mit einem Male eine schwarze steinerne Säule, in welcher eine Gestalt bis zur Achselgrube steckte, die zwei Flügel und vier Hände hatte. Zwei Hände glichen Menschenhänden, die beiden andern aber sahen wie Löwentatzen aus und hatten eiserne Krallen; das Haar auf dem Kopfe der Gestalt glich Pferdeschweifen, ihre beiden Augen funkelten wie zwei Kohlen, und ein drittes Auge, das sie hatte, stand auf ihrer Stirn und glich einem feuersprühenden Luchsauge. Die Gestalt selber war schwarz und lang und rief: »Preis dem Herrn, der diese harte Prüfung und schmerzliche Strafe über mich bis zum Tag der Auferstehung verhängt hat!« Als die Leute diese Gestalt erblickten, verloren sie vor ihrem schrecklichen Aussehen völlig den Verstand und kehrten sich zur Flucht. Der Emir Mûsa aber fragte den Scheich Abd as-Samad: »Was ist das?« Der Scheich erwiderte: »Ich weiß es nicht.« Hierauf sagte der Emir: »Tritt an die Gestalt heran und frag sie, vielleicht gibt sie uns über sich Auskunft.« Da versetzte der Scheich: »Gott hüte den Emir, siehe, wir fürchten uns vor der Gestalt!« Der Emir erwiderte jedoch: »Fürchte dich nicht; er kann euch und andern in seiner Lage nichts tun.« Da trat der Scheich Abd as-Samad an die Gestalt heran und fragte sie: »Gestalt, wie heißest du, was bist du, und wer hat dich in solchem Bilde hierhergebracht?« Da versetzte die Gestalt: »Was mich anlangt, so bin ich ein Ifrît[3] von den Dschinn und heiße Dâhisch, Sohn des A'masch; ich bin hier festgebannt durch die Hochherrlichkeit, eingesperrt durch die Allmacht und gestraft, so lange Gott, der Mächtige und Herrliche, es will.« Nun sagte der Emir Mûsa zum Scheich Abd as-Samad: »Frag ihn, warum er hier in dieser Säule eingesperrt ist.« Der Scheich tat es, worauf der Ifrît erwiderte: »Meine Geschichte ist wunderbar; einer der Söhne Iblîs' hatte ein Götzenbild aus rotem Karneol, dessen Obhut mir anvertraut war, und einer der Könige des Meeres diente ihm, groß an Macht und hehr an Herrlichkeit, der tausendmal tausend Streitern der Dschânn gebot, die vor ihm die Schwerter schwangen und in der Not sei-

3 Feuergeist

nem Rufe Folge leisteten. Alle Dschânn, die ihm gehorchten, standen unter meinem Befehl und Gehorsam und folgten meinen Befehlen, Rebellen alles gegen den Sohn Salomos, des Sohnes Davids – Frieden auf beide! – Ich aber pflegte in den Bauch des Götzen zu kriechen und ihnen von dort aus Befehle und Verbote zu erteilen. Nun pflegte auch die Tochter jenes Königs eifrig vor jenem Götzenbild zu dienen und sich häufig vor ihm niederzuwerfen, die das schönste Mädchen ihrer Zeit war, strahlend in Schönheit, Anmut, Eleganz und Vollkommenheit. Als man Salomo – Frieden sei auf ihm! – ihre Schönheit beschrieb, schickte er eine Botschaft an ihren Vater und ließ ihm sagen: ›Verheirate mich mit deiner Tochter, zerbrich deinen Karneolgötzen und bezeuge, dass es keinen Gott außer Gott gibt und dass Salomo der Prophet Gottes ist. So du dieses tust, soll unser Gut dein Gut und unsere Schuld deine Schuld sein; so du es aber nicht tust, so mach dich bereit zur Rechenschaft und zieh dein Totenhemd an, denn ich komme mit unwiderstehlichen Heerscharen zu dir, die das Blachgefild bedecken und dich machen sollen wie den gestrigen Tag, der für immer vergangen ist.‹ Als der Bote Salomos – Frieden sei auf ihm! – zum Könige kam, zeigte er sich hochmütig, hoffärtig, stolz und rebellisch und sprach zu seinen Wesiren: ›Was ratet ihr in der Sache Salomos, des Sohnes Davids, der meine Tochter von mir begehrt und heischt, dass ich meinen Karneolgötzen zerbrechen und seinen Glauben annehmen soll?‹ Da versetzten sie: ›Großmächtiger König, kann Salomo dir dieses antun, wo du mitten in diesem großen Ozean lebst? Und so er auch zu dir käme, könnte er dich doch nicht bezwingen, denn die Mâride von den Dschinn würden mit dir streiten und du würdest dir von deinem Götzen, dem du dienst, Hilfe wider ihn erflehen, und er würde dir beistehen und dir den Sieg über sie verleihen. Das Rechte ist daher, dass du deinen Herrn, d. h. das Götzenbild aus rotem Karneol, um Rat fragst und hörst, welche Antwort er dir gibt. Gibt er dir den Rat, wider ihn zu streiten, so streite wider ihn, wenn nicht, so tu's nicht.‹ Infolgedessen machte sich der König sofort auf und suchte seinen Götzen auf, nachdem er ihm Opfer dargebracht und Tiere geschlachtet hatte; er fiel vor ihm auf sein Antlitz nieder, weinte und sprach die Verse:

O mein Herr, ich kenne deine Macht gar wohl,
Siehe, Salomo vermisst sich, dich zerbrechen zu wollen.
O mein Herr, ich suche Hilfe von dir,
Gebiete, und ich gehorche deinem Befehl.

Ich aber« – so erzählte der Ifrît, der zur Hälfte in der Säule steckte, dem Scheich Abd as-Samad und den andern, die ihn umgaben – »kroch in meiner Torheit, in meiner Unvernunft und Unbekümmertheit um Salomos Macht in den Bauch des Götzen und hob an, die Verse zu sprechen:

Was mich anlangt, so fürcht ich mich nicht vor ihm,
Da ich um alle Dinge weiß;
Will er streiten mit mir, so schreit ich voran zum Streit
Und will die Seele ihm reißen aus seinem Leib.

Als der König meine Antwort vernahm, stärkte er sein Herz und entschloss sich, wider Salomo, den Propheten Gottes – Frieden sei auf ihm! –, zu streiten und ihm die Spitze zu bieten. Infolgedessen ließ er den Gesandten Salomos vor sich kommen und ihn jämmerlich prügeln, worauf er ihn mit einer schimpflichen Antwort Salomo zurückschickte, indem er ihn bedrohte und ihm durch den Gesandten sagen ließ: ›Deine Seele hat dir eitle Wünsche eingegeben; willst du mir etwa mit lügnerischen Worten drohen? Wer zu dem andern kommt, ob du oder ich, das fragt sich noch.‹ Als nun der Bote zu Salomo zurückgekehrt war und ihm alles, was ihm zugestoßen und widerfahren war, erzählt hatte, ergrimmte er gewaltig und sein Entschluss war gefasst. Er hob seine Heerscharen aus von den Dschinn, den Menschen, den Tieren, den Vögeln und Reptilien und befahl seinem Wesir ad-Dimiryât, dem König der Dschinn, die Mâride von allen Orten zusammenzubringen, worauf dieser ihm sechshunderttausendmaltausend Satane zusammenbrachte. Alsdann befahl er Âsaf, dem Sohn des Barachya, ihm seine Menschenheerscharen zu versammeln, deren Anzahl tausendmaltausend oder mehr betrug. Nachdem er alle diese Streiter mit Wehr und Waffen versehen hatte, setzte er sich mit allen seinen Truppen, den Menschen und den Dschinn, auf seinen Teppich und zog mit ihnen durch die Luft, während die Vögel ihm zu Häupten flogen und die Tiere unter dem Teppich mitliefen, bis er sich auf seinem Gestade niederließ, dass die ganze Insel von seinen Heerscharen wimmelte.

Hierauf schickte er einen Boten an den König und ließ ihm sagen: ›Hier bin ich nun gekommen; verteidige dein Leben gegen das, was auf dich niedergekommen ist, oder unterwirf dich mir, bekenne meine Apostelschaft, zerbrich deinen Götzen, diene dem Einigen, dem allein Anbetungswürdigen, verheirate mir deine Tochter gesetzmäßig und sprich, du samt den Deinigen: Ich bezeuge, dass es keinen Gott gibt außer Gott, und ich bezeuge, dass Salomo der Prophet Gottes ist. So du dieses sprichst, sollst du Gnade erhalten und Frieden haben; weigerst du dich aber, so wirst du dich vergeblich auf dieser Insel vor mir verschanzen, denn Gott – gesegnet sei der Erhabene! – hat dem Winde befohlen, mir zu gehorchen; und so werde ich ihm gebieten, mich auf meinem Teppich zu dir zu tragen, dass ich dich zu einem Exempel und einem warnenden Beispiel für andere mache.‹ Als nun der Gesandte bei dem König eintraf und ihm die Botschaft des Propheten Gottes Salomo – Frieden sei auf ihm! – überbrachte, sagte der König zu ihm: ›Was er von mir begehrt, ist mir ganz unmöglich, sag ihm daher, dass ich zu ihm herauskommen werde.‹ Da kehrte der Bote wieder zu Salomo zurück und überbrachte ihm die Antwort; der König aber schickte zu dem Volk seines Landes und scharte tausendmaltausend von den Dschinn, die unter seiner Hand waren, zusammen, zu denen er noch die Mâride von den Inseln des Meeres und den Bergesgipfeln hinzunahm, worauf er seine Truppen ordnete, die Rüstkammern öffnete und die Waffen unter sie verteilte. Desgleichen aber stellte auch der Prophet Gottes Salomo – Frieden sei auf ihm! – seine Truppen in Schlachtreihe auf und befahl den wilden Tieren, sich in zwei Reihen, die einen zur Rechten und die andern zur Linken seiner Mannschaft, aufzustellen und die Pferde der Feinde zu zerreißen, während er den Vögeln gebot, auf der Insel zu bleiben und beim Angriff den Gegnern mit den Flügeln ins Gesicht zu schlagen und ihnen mit dem Schnabel die Augen auszuhacken; und sie versetzten: ›Wir hören und gehorchen Gott und dir, o Prophet Gottes.‹ Hierauf ließ sich Salomo, der Prophet Gottes, einen marmornen, mit Edelsteinen besetzten und mit Platten von rotem Gold beschlagenen Thron hinsetzen und stellte seinen Wesir Âsaf, den Sohn des Barachya, auf den rechten, seinen Wesir ad-Dimiryât auf den linken Flügel, ferner die Könige der Menschen zu seiner Rechten, die der Dschinn zu seiner Linken und die wilden Tiere, die Vipern und Schlangen vor sich. Alsdann marschierte das ganze Heer wider uns los und stritt mit uns auf weitem Plan zwei Tage lang; am dritten Tage überfiel uns jedoch das Unheil und Gottes, des Erhabenen, Beschluss ereilte uns. Der erste, welcher Salomo angriff, war ich mit meinen Truppen, und ich sprach zu meinen Gefährten: ›Bleibt auf euerm Platz, während ich wider sie ins Feld trete und ad-Dimiryât zum Zweikampf herausfordere.‹ Und siehe, da trat er auch schon wider mich ins Feld wie ein riesiger Berg mit lohenden Feuern und aufsteigenden Rauchsäulen und warf eine feurige Sternschnuppe nach mir, der ich jedoch auswich, so dass sie mich verfehlte. Dann warf ich eine feurige Schnuppe nach ihm, die ihn traf; sein Schaft kam jedoch meinem Feuer zuvor, und er stieß einen so gewaltigen Schrei gegen mich aus, dass die Berge davon erbebten, und ich glaubte, der Himmel wäre über mich eingestürzt. Dann befahl er seinen Streitern, uns anzugreifen, worauf sie alle zumal wider uns und wir wider sie anstürmten; einer schrie wider den andern, die Feuer flammten in heller Lohe, der Rauch stieg hoch auf, und die Herzen waren nahe am Zerspringen; zu Fuß kämpften die einen, die Vögel hoch in der Luft, die Tiere im Staub, und ich maß mich mit ad-Dimiryât, bis er mich und ich ihn ermüdet hatte. Schließlich ward ich so matt, dass mich meine Gefährten und Truppen im Stich ließen und dass meine Stammesgenossen sich ebenfalls zur Flucht wendeten, worauf der Prophet Gottes Salomo schrie: ›Nehmt jenen gewaltigen Tyrannen gefangen, jenen Unseligen, Verfluchten!‹ Da focht Mann wider Mann und Dschinnî wider Dschinnî; Salomos Heerscharen stürmten wider die unsrigen, zur Rechten und Linken von den wilden Tieren umgeben, welche die Rosse zerrissen und die Streiter zerfleischten, während die Vögel über uns flatterten und den Streitern die Augen bald mit den Krallen und bald mit dem Schnabel ausrissen oder ihnen mit den Schwingen ins Gesicht schlugen, bis die Mehrzahl von uns wie Palmenstümpfe am Boden lag und unser König floh und wir Salomos Beute wurden. Was mich anlangt, so flüchtete ich mich auf meinen Schwingen vor ad-Dimiryât, doch folgte er mir einen Weg von drei Monaten, bis er mich einholte und sich auf mich stürzte, während ich vor Müdigkeit niederfiel, worauf er mich fesselte. Da sprach ich zu ihm: ›Bei Ihm, der dich erhöht und mich erniedrigt hat, lass mich leben und führe mich vor Salomo – Frieden sei auf ihm!‹ – Als er mich nun vor Salomo geführt hatte, empfing mich dieser in der übelsten Weise, indem er diese Säule bringen und aushöhlen ließ, worauf er mich in dieselbe steckte und mich mit seinem Siegelring versiegelte. Nachdem er mich versiegelt und gefesselt hatte, übergab er mich dem ad-Dimiryât, der mich hierherbrachte und mich hier aufstellte, wie du es siehst. Bis zum jüngsten Tage muss ich in diesem Gefängnis bleiben, und ein mächtiger Engel ist mit der Obhut über mich beauftragt.«

Als der Dschinnî ihnen seine Geschichte von Anfang an bis zur Einsperrung in der Säule erzählt hatte, verwunderten sich die Leute über ihn und seine schreckliche Gestalt, und der Emir Mûsa rief: »Es gibt keinen Gott außer Gott! Fürwahr, er hatte Salomo ein mächtiges Reich verliehen!« Der Scheich aber sprach zum Dschinnî: »Du da, ich möchte dich gern um Auskunft nach etwas fragen.« Der Ifrît versetzte: »Frag, wonach du willst.« Da fragte er: »Gibt es hier an diesem Ort Ifrîten, die seit Salomos Tagen – Frieden sei auf ihm! – in kupferne Flaschen eingesperrt sind?« Der Ifrît erwiderte: »Jawohl, im Meer al-Karkar, an dessen Strand ein Volk aus Noahs Stamm lebt – Frieden sei auf ihm! –, denn die Sündflut kam nicht zu ihrem Land, und sie leben dort abgeschnitten von allen Kindern Adams.« Hierauf fragte der Scheich: »Und wo ist der Weg zur messingnen Stadt und der Ort, wo die Flaschen liegen? Wie weit ist es von uns bis zu ihm?« Er erwiderte: »Es ist nahe.« Da verließen sie ihn, nachdem er ihnen den Weg gezeigt hatte, und zogen weiter, bis sie von fern einen großen schwarzen Gegenstand mit zwei einander gegenüberliegenden Feuern erblickten, worauf der Emir Mûsa den Scheich fragte: »Was bedeutet das Schwarze da mit den beiden gegenüberliegenden Feuern?« Der Führer entgegnete: »Freue dich, o Emir, dies ist die messingne Stadt, denn so ist sie in dem Buch der vergrabenen Schätze, das ich bei mir habe, beschrieben. Ihre Mauern bestehen aus schwarzem Gestein, und sie hat zwei Türen aus andalusischem Messing, die dem Beschauer aus der Ferne wie zwei einander gegenüberliegende Feuer vorkommen, nach denen sie auch die messingne Stadt heißt.« Hierauf zogen sie weiter, bis sie nahe an die Stadt herangekommen waren und nun sahen, dass sie hoch in den Himmel ragte und stark befestigt war; die Höhe ihrer Mauern betrug achtzig Ellen und die Zahl ihrer Tore fünfundzwanzig, die jedoch nicht von außen zu sehen waren. Da machten der Emir Mûsa, der Scheich Abd as-Samad und die Truppen halt und bemühten sich, ein Tor oder doch einen Weg, der in die Stadt hineinführte, ausfindig zu machen, bis der Emir Mûsa, als alles Suchen vergeblich gewesen war, sagte: »Tâlib, wie sollen wir in die Stadt gelangen? Wir müssen unbedingt ein Tor finden und hineingehen.« Tâlib versetzte: »Gott helfe dem Emir! Möge er hier zwei oder drei Tage Rast machen, dass wir, so Gott will, der Erhabene, Mittel und Wege finden, in die Stadt zu gelangen.«

Infolgedessen befahl der Emir Mûsa einem seiner Pagen, ein Kamel zu besteigen und rings um die Stadt zu reiten, ob er vielleicht die Spur von einem Tore oder eine niedrigere Stelle der Mauer, als sie hier vor sich hatten, fände. Da setzte sich der Page auf und ritt zwei Tage und Nächte, ohne sich auszuruhen, im Trabe rings um die Stadt, bis er am dritten Tage wieder, verblüfft von dem Umfang und der Höhe der Stadt, bei seinen Gefährten eintraf und sprach: »O Emir, die niedrigste Stelle der Mauer ist hier, wo ihr euch gelagert habt.« Hierauf nahm der Emir Mûsa Tâlib ibn Sahl und den Scheich Abd as-Samad und stieg mit ihnen auf einen Hügel, von dem man die Stadt überschauen konnte. Als sie den Hügel erstiegen hatten, sahen sie eine Stadt, wie sie keines Menschen Auge großartiger gesehen hatte, mit hohen Schlössern, schimmernden Kuppeln und wohlerhaltenen Häusern; Flüsse durchströmten sie, die Bäume waren beladen mit Früchten, und die Gärten prangten in scharlachner Farbe. Die Stadt war mit Toren fest versichert, doch lag sie leer und ausgestorben da, und man hörte keinen Laut in ihr und sah kein menschliches Wesen; nur die Eulen stöhnten in ihr, die Vögel kreisten über ihre Plätze und die Raben krächzten in ihren Straßen und weinten über ihre entschwundenen Bewohner. Der Emir Mûsa stand da und rief, voll Kummer über ihre Leere und Verlassenheit von jeglichem Bewohner: »Preis Ihm, den die Wechsel und Zeiten nicht ändern, der die Geschöpfe in seiner Allmacht erschaffen hat!« Während er aber Gott, den Mächtigen und Herrlichen, lobpreiste, fiel sein Blick seitwärts, und er sah sieben Tafeln aus weißem Marmor in der Ferne schimmern. Da trat er an dieselben heran, und als er nun sah, dass auf dieselben Schriftzüge eingegraben waren, befahl er dem Scheich Abd as-Samad, sie zu lesen. Infolgedessen trat der

Scheich an sie heran und fand, sie betrachtend, Warnungen, Ermahnungen und Drohungen für Leute von Einsicht auf ihnen eingegraben. Auf der ersten Tafel stand in junânischer Schrift: »O Menschensohn, wie achtlos bist du doch um das, was vor dir liegt! Fürwahr, deine Jahre haben es dich vergessen lassen. Weißt du nicht, dass der Becher des Todes für dich bis zum Rand gefüllt ist und dass du ihn binnen kurzem hinunterschlucken wirst? Denk daher an deine Seele, bevor du in deine Grube hinunterfährst. Wo sind die Könige, welche die Länder beherrschten und Gottes Diener erniedrigten und Heere anführten? Bei Gott, der Zerstörer der Freuden, der Trenner der Vereinigungen und der Verwüster der Wohnungen fuhr nieder auf sie und trug sie aus den weiten Palästen hinüber in die engen Gräber.«

Am Fußende der Tafel standen dann noch folgende Verse:

Wo sind die Könige und wo der Erde Bewohner?
Verlassen haben sie, was sie gebaut und bewohnt haben,
Und ruhn in den Gräbern als Pfänder ihrer Werke,
Wo sie nach ihrer Vernichtung verwesten.
Wo sind ihre Heere? Sie schirmten nicht und
                                        frommten nichts;
Und wo sind die Schätze, die sie zusammengescharrt
                                        und aufgespeichert hatten?
Der Spruch des Herrn des Thrones brach über sie
                                        herein,
Und da schützte sie kein Gut und kein Asyl.

Als der Emir Mûsa diese Verse vernahm, schrie er laut auf und rief mit tränenüberströmten Wangen: »Bei Gott, Weltentsagung, das ist das Glück und die höchste Weisheit!« Alsdann ließ er sich Tinte und Papier bringen und schrieb sich alles, was auf der ersten Tafel stand, auf. Hierauf trat er an die zweite Tafel und fand Folgendes auf ihr geschrieben: »O Menschensohn, was hat dich betört, den Alten der Tage zu missachten und zu vergessen, dass dein Ende einst naht? Weißt du nicht, dass die Welt das Haus der Vergänglichkeit ist, in welchem niemand eine bleibende Stätte findet? Und doch schaust du auf sie und mühst dich um sie? Wo sind die Könige, welche den Irak bevölkerten und die Länder der Erde beherrschten? Wo sind sie, die da wohnten in Isfahan und im Lande Chorasân? Der Bote des Todes rief sie, und sie antworteten ihm, und der Herold der Vergänglichkeit lud sie ein, und sie riefen ihm zu: ›Labbaik, Labbaik! Hier bin ich, hier bin ich!‹ Und so frommte ihnen nichts von allem, was sie gebaut und hoch aufgeführt hatten, und, was sie zusammengescharrt und aufgespeichert hatten, schirmte sie nicht vor ihrem Untergang.«

Am Fußende standen dann noch folgende Verse geschrieben:

Wo sind sie, die diese Stätten erbauten und krönten
Mit hohen Söllern, wie nirgends Bauten zu schaun?
Streiter und Kämpen scharten sie um sich aus Furcht
Vor Gottes Beschluss, und doch wurden sie gedemütigt
Wo sind die Chosroen, die in unzugänglichen Burgen
hausten?
Sie haben ihr Land verlassen, als wären sie nie gewesen.

Da weinte der Emir Mûsa und rief: »Bei Gott, wir sind zu einem großen Ding erschaffen!« Nachdem er dann die Worte, die auf dieser Tafel standen, sich ebenfalls aufgeschrieben hatte, trat er an die dritte Tafel, auf welcher er Folgendes geschrieben fand: »O Menschensohn, an der

Weltliebe hast du dein Gefallen, und deines Herrn Gebot ließest du unbeachtet. Alle Tage deines Lebens streichen dahin, und doch bist du zufriedenen und ungetrübten Sinnes. Bereite dir die Zehrung für den Tag der Wiederkehr und rüste dich zur Rechenschaft vor dem Herrn der Menschenkinder.«

Unten auf der Tafel standen dann folgende Verse:

Wo sind sie, die alle Länder bevölkerten,
Sind und Hind, und trotzig und stolz einherfuhren?
Die Zandsch und Habasch und Nubien sich fügsam
                                        machten,
Nachdem sie sich rebellisch und hoffärtig gezeigt
                                        hatten?
Erwarte keine Kunde von dem, was im Grabe ruht,
Nie und nimmermehr wird dir einer Auskunft geben.
Der Zeitenumschwung traf sie mit seinem Schlag,
Und die Schlösser, die sie erbauten, halfen ihnen nichts.

Der Emir Mûsa weinte über diese Verse bitterlich und trat an die vierte Tafel heran, auf welcher er Folgendes geschrieben fand: »O Menschenkind, wie lange soll noch dein Herr mit dir Langmut haben, wo du tagaus, tagein im Meer deines nichtigen Spiels versunken bist? Ist dir etwa offenbart, dass du nimmer sterben würdest? O Menschenkind, lass dich nicht durch die Unterhaltung und Zerstreuung deiner Tage und Nächte und Stunden betören; wisse, der Tod lauert auf dich, bereit, auf deine Schulter zu springen, und kein Tag vergeht, da er nicht am Morgen mit dir erwacht und am Abend mit dir zur Ruhe geht. Hüte dich drum, dass er dich nicht überfällt, und mach dich bereit für ihn. Wie ich es trieb, so treibst du es auch: Du vergeudest deine ganze Lebenszeit und bringst dich um deiner Tage Lust und Freud'. Horch daher auf mein Wort, und nimm den Herrn der Herren zum Hort, denn die Welt ist ohne Bestand wie ein Spinnenhaus.«

Am Fuße der Tafel fand er dann noch folgende Verse:

Wer legte das Fundament zu diesen Riesenbauten,
Wer führte sie auf und baute sie so hoch?
Wo ist das Volk, das die Burgen bewohnte?
Ach, alle mussten die Festen verlassen.
In den Gräbern ruhn sie gebettet als Pfand für den Tag,
Da alles Verborgne ans Licht kommt.
Nichts ist bleibend als allein Gott, der Erhabene,
Und ewig währe seine Herrlichkeit!

Weinend schrieb der Emir Mûsa auch alles dies nieder und trat dann an die fünfte Tafel, auf welcher Folgendes geschrieben stand: »O Menschenkind, was ist's, das dich vergessen macht den Gehorsam gegen deinen Schöpfer und Hervorbringer, der dich in deiner Kindheit speiste und auferzog? Wie kannst du seiner Huld mit Undank lohnen, wo er in seiner Güte auf dich schaut und in seiner Gnade seinen schützenden Vorhang auf dich niederwallen lässt? Wahrlich, sicherlich kommt eine Stunde für dich bitterer als Aloe und heißer als Kohle! Beschicke dich daher für sie, denn wer vermag ihre Galle zu versüßen und zu ersticken ihre Kohle? Und gedenke der Völker und Fürsten, die vor dir lebten, und nimm dir eine Lehre an ihnen, bevor du untergehst.«

Dann standen noch folgende Verse auf ihr geschrieben:

Wo sind die Könige, die Könige der Erde? Sie sind
vergangen

Und ruhen nun hier mit allen ihren Schätzen.
Wenn einst sie zu Ross stiegen, dann sahest du
                          Streiter hinter ihnen,
Von denen die Welt erfüllt ward, wenn sie zu Ross
                          stiegen.
Wie viele Könige demütigten sie zu ihrer Zeit!
Wie viele Heere besiegten und vernichteten sie!
Doch der Befehl des Herrn des Thrones erging eilend
                          zu ihnen,
Und nach dem heitersten Leben traf sie des Schicksals
                          Unheil.

Verwundert hierüber, schrieb der Emir Mûsa auch alle diese Worte auf und trat an die sechste Tafel, auf welcher Folgendes geschrieben stand: »O Menschensohn, glaub nicht, dass die Sicherheit ewig dauert, wo der Tod ob deinem Haupte besiegelt ist. Wo sind deine Väter? Wo deine Brüder? Wo deine Lieben und Freunde? Alle sind sie gefahren in den Staub der Gräber und getreten vor den Herrlichen, den Vergebenden, als hätten sie nicht geschmaust und gezecht; dort weilen sie nun als Pfand für ihre Werke. So sorge für deine Seele, bevor du ins Grab musst.«
Ferner standen noch folgende Verse auf ihr:

Wo sind die Könige, die Könige der Franken?
Wo sind die Bewohner von Tanger?
Ihre Werke sind in einem Buche verzeichnet,
Das der Einige, der Amen-Sprechende, als Beweis
                          vorbringen wird.

Verwundert hierüber, schrieb der Emir, der Sohn des Nusair, auch diese Worte auf und rief: »Es gibt keinen Gott außer Gott! Wie schön war dieses Volkes Glaube!« Dann traten sie an die siebente Tafel, auf welcher Folgendes stand: »Preis Ihm, der über alle seine Geschöpfe den Tod verhängt hat und allein lebt und nimmer stirbt! O Menschenkind, lass dich nicht durch deine Tage und ihre Wonnen betören noch auch durch deine Stunden und die Freuden, die sie bringen; denn wisse, der Tod sucht dich heim und sitzt schon auf deiner Schulter. Hüte dich daher, dass er dich plötzlich überfällt, und mach dich bereit für seinen Ansprung. Wie mir, so ergeht es auch dir. Du vergeudest deines Lebens Gut und deiner Stunden Freude. Hör auf mein Wort, nimm den Herrn der Herren zum Hort und wisse, dass die Welt nicht besteht, sondern wie ein Spinnengewebe zerweht, und dass alles auf ihr aufhört und vergeht. Wo ist der Mann, der den Grund zu Amid legte und es erbaute? Der Farikîn erbaute und so stolz aufführte? Wo ist das Volk der Burgen? Wohl wohnten sie darinnen, doch fuhren sie nach ihrer Herrlichkeit in die Gräber. Sie wurden vom Tode geraubt, und so werden auch wir heimgesucht werden; denn niemand währet immerdar als allein Gott, der Erhabene, Er, der vergebende Gott. –

Verwundert hierüber, schrieb Mûsa auch alle diese Worte auf und stieg dann wieder vom Hügel herunter, doch war die Welt vor seinen Augen winzig geworden. Als er zu den Truppen kam, überlegten sie den ganzen Tag, wie sie wohl in die Stadt gelangen könnten, und er sprach zu seinem Wesir Tâlib ibn Sahl und den Vornehmsten seiner Umgebung: »Wie stellen wir es nur an, in die Stadt zu gelangen, dass wir ihre Wunder schauen? Vielleicht könnten wir auch etwas darinnen finden, wodurch wir des Fürsten der Gläubigen Gunst gewinnen könnten.« Tâlib ibn Sahl erwiderte: »Gott erhalte des Emirs Glück! Wir wollen eine Leiter machen und sie erklimmen, um auf diese Weise, wenn es möglich ist, von innen zum Tor zu gelangen.« Da versetzte der Emir Mûsa: »Dasselbe war mir ebenfalls bereits in den Sinn gekommen, und dies ist der beste Rat.« Hierauf rief er Schreiner und Schmiede und befahl ihnen, Holz zurecht zu machen und eine Leiter zu bauen und mit Eisen zu beschlagen.

Die Leute machten sich sofort in bedeutender Anzahl ans Werk und arbeiteten einen vollen Monat lang, bis sie eine starke Leiter hergestellt hatten, worauf sie dieselbe aufrichteten und an die Mauer lehnten, mit welcher sie genau die gleiche Höhe hatte, als wäre sie zuvor für sie angefertigt. Der Emir Mûsa verwunderte sich hierüber und sagte: »Gott segne euch! Eure Arbeit ist so gelungen, als hättet ihr für die Leiter Maß genommen.« Alsdann fragte er seine Leute: »Wer von euch will diese Leiter erklimmen und auf der Mauer entlanggehen und einen Weg ausfindig machen, wie er in die Stadt hinuntersteigen kann, um sich dieselbe anzuschauen und uns zu vermelden, wie wir das Tor aufbekommen?« Da sagte einer von ihnen: »Ich will hinaufsteigen, o Emir, und hinunterklettern und das Tor öffnen.« Und der Emir Mûsa versetzte: »Steig hinauf, und Gott segne dich!« Da klomm der Mann zur Leiter hinauf; als er aber oben angelangt war und sich nun aufrichtete und die Stadt betrachtete, klatschte er plötzlich in die Hände, schrie so laut er konnte: »Du bist schön«, und stürzte sich in die Stadt hinunter, dass er völlig zermalmt wurde. Da sagte der Emir Mûsa: »So tat ein Vernünftiger; was mag da ein Verrückter erst anstellen! Wenn alle unsere Gefährten das Gleiche tun, so bleibt keiner von uns übrig, und wir sind nicht imstande, unser Anliegen und den Auftrag des Fürsten der Gläubigen auszurichten. Macht euch marschbereit, wir haben nichts mehr mit dieser Stadt zu schaffen.« Einer von ihnen sagte jedoch: »Vielleicht steht ein anderer fester.« Darauf stieg der zweite, dritte, vierte und fünfte auf die Mauer, und so fort einer nach dem andern, bis zwölf Mann hinaufgestiegen waren und es alle dem ersten gleichgetan hatten. Da sagte der Scheich Abd as-Samad: »Dies ist allein meine Sache, denn der Erfahrene ist nicht wie der Unerfahrene.« Der Emir Mûsa versetzte: »Tu es nicht, ich will's nicht leiden, dass du auf die Mauer steigst, denn, so du umkommst, sterben wir alle bis auf den letzten Mann, da du des Volkes Führer bist.« Der Scheich Abd as-Samad entgegnete ihm jedoch: »Vielleicht bringt es meine Hand durch Gottes, des Erhabenen, Willen zu Wege.« Als sich nun alles Volk damit einverstanden erklärte, dass der Scheich Abd as-Samad hinaufstiege, erhob er sich und sprach, um sich Mut zu machen: »Im Namen Gottes, des Erbarmers, des Barmherzigen!« Hierauf erklomm er die Leiter, indem er dabei fortwährend Gottes Namen anrief und die Verse der Rettung hersagte, bis er oben auf der Mauer angelangt war und mit einem Male, wie er nun auf die Stadt zuschaute, ebenfalls mit den Händen zu klatschen begann. Da riefen ihm alle Leute zu: »O Scheich Abd as-Samad, tu's nicht! Stürz dich nicht hinunter!«, und jammerten: »Wir sind Gottes, und zu Ihm führt unser Weg zurück! Wenn sich der Scheich Abd as-Samad hinunterstürzt, so sind wir alle verloren.« Der Scheich Abd as-Samad aber lachte nun über die Maßen und setzte sich für eine lange Weile, Gottes, des Erhabenen, Namen anrufend und die Verse der Rettung hersagend; dann erhob er sich wieder und rief, so laut er konnte: »O Emir, seid unbesorgt! Gott, der Mächtige und Herrliche, hat Satans List und Tücke durch den Segen der Worte ›Bismillâhi r-Rahmâni r-Rahîm – Im Namen Gottes, des Erbarmers, des Barmherzigen‹ abgewendet.« Da fragte ihn der Emir: »Was sahst du, o Scheich?« Er versetzte: »Als ich oben auf der Mauer anlangte, sah ich zehn Mädchen, schön wie Monde, die mir zuriefen und mit den Händen Zeichen gaben, zu ihnen herunterzukommen, wobei es mir vorkam, als befände sich ein großes Wasser zu meinen Füßen. Schon wollte ich mich gleich unsern Gefährten zu ihnen hinunterstürzen, als ich dieselben tot daliegen sah. Da nahm ich mich zusammen und rezitierte etwas aus Gottes, des Erhabenen, Buch, worauf Gott ihre List und Zauberei von mir abwendete und sie mich verließen, so dass ich mich nicht hinunterstürzte. Zweifellos aber ist dieser Zaubertrug ein Werk der Bewohner dieser Stadt, einen jeden, der auf sie hinunterschauen oder in sie eindringen will, fernzuhalten, wie unsere Gefährten, die unten tot am Boden liegen.« Hierauf schritt er oben auf der Mauer entlang, bis er zu den beiden Messingtürmen kam, in denen er zwei Tore aus Gold sah, ohne Vorlegeschlösser an ihnen zu erblicken oder sonst eine Art und Weise, es zu öffnen, zu entdecken. Da blieb er lange Zeit stehen und schaute suchend umher, bis er mit einem Male mitten auf einem der Tore einen Reiter aus Messing erblickte, welcher seine Hand ausstreckte, wie wenn er ein Zeichen gäbe, und auf der etwas geschrieben stand. Da las es der Scheich Abd as-Samad, und siehe, da stand Folgendes geschrieben: »Reibe den Nagel in meinem Nabel zwölfmal, dann wird sich das Tor öffnen.« Da betrachtete er den Reiter genau, bis er einen starken und festen Nagel fand, und rieb diesen zwölfmal, worauf das Tor sofort mit Donnerschall aufsprang. Dann trat der Scheich Abd as-Samad, der ein gebildeter und gelehrter Mann war und alle Sprachen und Schriften kannte, ein und gelangte in einen langen Gang, der ihn auf einer Reihe Stufen in einen Raum mit hübschen Bänken hinabführte, auf denen tote Männer saßen, über deren Häupter prächtige Schilde, scharfe Schwerter, besehnte Bogen und gekerbte Pfeile hingen; hinter dem Stadttor aber befanden sich eine eiserne Stütze, hölzerne Barrikaden, feine Schlösser und andere feste Versicherungen. Da sprach der Scheich Abd as-Samad bei sich: »Vielleicht befinden sich die Schlüssel bei jenen Toten«, und ging zu ihnen. Als er nun unter ihnen auf einer hohen Bank einen Scheich sitzen sah, welcher der Oberste unter ihnen zu sein schien, meinte er: »Wer weiß, vielleicht sind die Schlüssel der Stadt bei diesem Scheich; möglichenfalls ist er der Stadtpförtner, und die andern sind seine Untergebenen.« Mit diesen Worten trat er an ihn heran und fand, wie er sein Kleid hob, die Schlüssel an seinem Leib hängen. Bei diesem Anblick flog dem Scheich Abd as-Samad fast der Verstand vor Freuden fort; er nahm die Schlüssel, trat wieder ans Tor, öffnete die Schlösser, zog an dem Tor, den Barrikaden und Versicherungen, bis er sie losbekommen hatte, und nun sprang das Tor infolge seiner Größe, seiner schreckenerregenden Beschaffenheit und seiner starken Versicherungen mit lautem Donnergetöse auf. Da rief er: »*Allahu akbar*! Gott ist groß!«, und die Leute erwiderten ihm hocherfreut mit dem gleichen Ruf und dankten ihm für seine Tat, während sich der Emir Mûsa ebenfalls darüber freute, dass der Scheich Abd as-Samad unversehrt geblieben war und das Tor geöffnet hatte. Als nun aber alle Truppen um die Wette durchs Tor eindringen wollten, rief ihnen der Emir Mûsa zu und sagte zu ihnen: »Ihr Leute, wenn wir alle auf einmal eindringen, so sind wir nicht sicher, dass uns irgendetwas zustößt; es soll daher nur die eine Hälfte eintreten und die andere zurückbleiben.« Hierauf trat der Emir Mûsa mit der Hälfte seiner Mannschaft, die alle ihre Kriegswehr trugen, durchs Tor ein, und begruben zunächst ihre toten Gefährten. Dann sahen sie die Pförtner, Eunuchen, Kämmerlinge und Offiziere auf seidenen Pfühlen liegen, doch waren alle tot. Hierauf gelangten sie zum Basar der Stadt, der lauter hohe Gebäude von gleicher Größe hatte, und fanden die Läden offen, die Waagen aufgehängt, die Messinggefäße aufgereiht, die Chane mit Waren alle Art angefüllt, doch saßen die Kaufleute tot auf ihren Bänken, teils mit eingetrockneter Haut, teils mit verfaulten Knochen, eine Lehre für alle, die sich belehren lassen. Weiter gewahrten sie dann vier Basare mit getrennten Läden, die alle voll reichem Gut waren; doch verließen sie dieselben und begaben sich zum Seidenwarenbasar, auf dem sie Seidenstoffe und Brokate, durchwirkt mit rotem Gold und weißem Silber auf bunten Farben, fanden, doch lagen ihre Besitzer tot auf roten Ziegenledern da, wiewohl es fast so aussah, als wollten sie sprechen. Von hier gelangten sie zum Basar für Juwelen, Perlen und Hyazinthen und von diesem zum Basar der Geldwechsler, die in Läden voll Gold und Silber auf allerlei seidenen Teppichen saßen. Von hier gelangten sie zum Basar der Parfümeure, deren Läden mit allerlei Parfüms und mit Moschusblasen, Ambra, Aloe, Nadd, Kampfer und dergleichen Spezereien angefüllt waren; doch lagen die Inhaber der Läden alle tot da, und nichts Essbares befand sich bei ihnen. Nahe bei dem Basar der Parfümeure stießen sie auf ein fest erbautes und schön verziertes Schloss und traten in dasselbe ein, in dem sie nun entrollte Banner, gezückte Schwerter, besehnte Bögen, Schilde, die an goldenen und silbernen Ketten aufgehängt waren, und vergoldete Helme fanden. In der Vorhalle jenes Schlosses standen Bänke aus Elfenbein, beschlagen mit gleißendem Gold und mit Seide, auf denen Männer lagen, deren Haut an ihrem Gebein zusammengeschrumpft war; ein Tor hätte sie für Schlafende gehalten, doch waren sie aus Mangel an Nahrung umgekommen und hatten den Tod geschmeckt. Als der Emir Mûsa dies sah, blieb er stehen, Gott, den Erhabenen, heiligend und preisend, und betrachtete die Schönheit jenes Schlosses, seinen festen Bau, und seine kunstvolle und solide Ausführung. Der größte Teil seiner Malereien war in Lasur ausgeführt, und rings um dasselbe standen folgende Verse geschrieben:

Betrachte, was du hier schaust, o Mann,
Und sei auf der Hut, bevor du von hinnen fährst.
Bereite dir guten Proviant, dass du dich seiner erfreust,
Denn alle Häuserbewohner müssen von hinnen ziehn.
Betrachte ein Volk, das sich seine Wohnungen
                              schmückte
Und in den Staub sank als Pfand für seine Werke.
Sie bauten, doch frommten ihnen die Bauten nichts,
                              und Schätze sammelten sie,
Doch all ihr Geld errettete sie nicht, als ihre
                              Todesstunde schlug.
Wie oft hofften sie auf Dinge, die ihnen nicht
                              verhängt waren,
Und dann fuhren sie zu den Gräbern, und all ihr
                              Hoffen war umsonst.
Vom Gipfel der Macht und Herrlichkeit wurden sie
                              gestürzt
In enge Grabesniedrigkeit – eine schlimme Behausung!
Und als sie begraben waren, rief eine Stimme ihnen zu:
Wo sind die Throne, die Kronen und all der Schmuck,
Und wo die Angesichter, die hinter Schleier und
                              Vorhang sich bargen,

Und das Grab gibt dem Fragenden für sie laut und
                            deutlich Auskunft:
Von den Wangen sind alle die Rosen gewichen;
Lange Zeit aßen und tranken sie hienieden,
Doch nun werden sie nach allen Schmausereien
                            gefressen.

Da weinte der Emir Mûsa, bis er in Ohnmacht sank; dann
befahl er, diese Verse aufzuschreiben, und trat in den In-
nenraum des Schlosses.

Hier fand er eine große Halle, auf die vier einander gegenüberliegende hohe, große und weite Zimmer hinaus-
gingen, die mit Gold und Silber und bunten Farben bemalt
waren. Mitten in der Halle befand sich ein großer marmor-
ner Springbrunnen, über welchen ein Baldachin von Brokat
ausgespannt war. In den vier Zimmern befanden sich Sitz-
plätze, von denen ein jeder einen prunkvoll gebauten
Springbrunnen und ein marmoriertes Becken hatte, aus
denen das Wasser in Kanälen in ein großes, mit buntem
Marmor ausgelegtes Bassin lief. Der Emir Mûsa sagte nun
zum Scheich Abd as-Samad: »Komm, wir wollen in diese
Zimmer treten.« Hierauf traten sie in das erste Zimmer, das
sie angefüllt mit Gold, weißem Silber, Perlen, Edelsteinen,
Hyazinthen und andern kostbaren Erzen und Gesteinen
fanden, sowie Kisten voll von rotem, gelbem und weißem
Brokat. Dann begaben sie sich in das zweite Zimmer, in
welchem sie eine Kammer öffneten, die mit Waffen und
Kriegszeug, wie vergoldeten Helmen, davidischen Panzern, indischen Schwertern, Lanzen von al-Chatt, chwa-
rezmischen Keulen und anderm Kriegszeug angefüllt war.
Von hier begaben sie sich zum dritten Zimmer, in welchem
sie verschlossene und mit reichgestickten Vorhängen be-

deckte Kammern erblickten. Sie öffneten eine der Kammern und fanden sie voll Waffen, die reich mit Gold und Silber verziert und mit Edelsteinen besetzt waren. Alsdann begaben sie sich zum vierten Zimmer, in welchem sie ebenfalls Kammern fanden, von denen sie eine öffneten; da fanden sie dieselbe ganz von goldenem und silbernem Speise- und Trinkgeschirr, von kristallenen Schalen, Bechern, die mit glänzenden Perlen besetzt waren, Kelchen aus Karneol und dergleichen angefüllt und machten sich darüber her, nach Herzenslust von den Sachen an sich zu nehmen und so viel wegzuschleppen, wie nur ein jeder zu tragen vermochte. Als sie die Zimmer verließen, gewahrten sie mitten im Schloss eine Tür aus Teakholz mit Ebenholz- und Elfenbeineinlagen, die mit gleißendem Gold beschlagen, mit einem seidenen reichgeschmückten Vorhang verhängt und mit Schlössern aus weißem Silber verschlossen war, die sich ohne Schlüssel und nur durch einen Kunstgriff öffnen ließen. Der Scheich Abd as-Samad trat jedoch unverzagt an die Schlösser heran und öffnete sie durch seine Klugheit und Geschicklichkeit, worauf sie in einen mit Marmor gepflasterten Flur traten, dessen Wände mit Vorhängen behängt waren, auf denen allerlei wilde Tiere und Vögel mit rotem Gold und weißem Silber gestickt waren, während ihre Augen aus Perlen und Edelsteinen bestanden, alle, die sie schauten, mit ihrem Glanze blendend. Von hier gelangten sie in einen Saal aus poliertem, mit Edelsteinen eingelegten Marmor, der so blank war, dass er dem Beschauer wie fließendes Wasser vorkam und dass jeder auf ihm ausglitt. Als der Emir Mûsa dies sah, erstaunte er über die Pracht des Saales und befahl dem Scheich Abd as-Samad, etwas auf den Fußboden zu streuen, um darauf gehen zu können. Nachdem dies geschehen war, schritten sie weiter und gelangten zu einem großen steinernen vergoldeten Pavillon, wie sie in ihrem ganzen Leben keinen schöneren gesehen hatten, in der Mitte überwölbt von einer großen marmornen Kuppel, die ringsherum Gitterfenster hatte, welche mit smaragdenen Stäbchen verziert waren, wie sie kein König besaß. In dem Pavillon war auf Trägern von rotem Gold ein Baldachin aus Brokat ausgespannt, in welchen Vögel mit Füßen aus grünem Smaragd gestickt waren, während sich unter jedem Vogel ein Netz von glänzenden Perlen befand; der Baldachin selber stand über einem Springbrunnen, neben welchem ein mit Perlen, Juwelen und Hyazinthen besetztes Sofa stand, auf welchem ein Mädchen gleich der leuchtenden Sonne dalag, wie kein Auge ein schöneres geschaut hatte. Sie hatte ein glänzendes Perlenkleid an, auf ihrem Haupt trug sie eine Krone aus rotem Gold und eine edelsteinbesetzte Binde, um ihren Hals hatte sie eine Juwelenschnur, auf ihrer Brust funkelten ebenfalls Juwelen, und auf ihrer Stirn flammten zwei Edelsteine so hell wie die Sonne; sie selber aber schien die Ankömmlinge anzuschauen und sie von rechts und links zu betrachten.

Als der Emir Mûsa dieses Mädchen sah, verwunderte er sich höchlichst über ihre Anmut und war ganz verwirrt von ihrer Schönheit, ihren roten Wangen und ihrem schwarzen Haar, wodurch der Beschauer sie für lebend und nicht tot halten musste; und die Leute begrüßten sie und sprachen zu ihr: »Frieden sei auf dir, o Mädchen!« Da sagte jedoch Tâlib ibn Sahl: »Gott helfe dir! Wisse, dieses Mädchen ist tot und ohne Leben; wie sollte sie also den Salâm erwidern? Dies ist nur ein kunstvoll präparierter Leichnam, dessen Augen nach dem Tode herausgenommen und nach Füllung der Höhlen mit Quecksilber wieder eingesetzt wurden, so dass sie blitzen und blinken und es dem Beschauer vorkommt, als blinzte sie mit den Lidern.« Da rief der Emir Mûsa: »Preis sei Gott, welcher die Menschen dem Tode unterworfen hat!« Das Sofa aber, auf welchem das Mädchen lag, hatte Stufen, auf welchen zwei Sklaven, ein weißer und ein schwarzer, standen, von denen der eine eine Keule aus Stahl und der andere ein edelsteinbesetztes Schwert hielt, das den Blick blendete. Zwischen beiden stand eine goldene Tafel mit folgender Inschrift: »Im Namen Gottes, des Erbarmers, des Barmherzigen! Gelobt sei Gott, der Schöpfer der Menschen, der da ist der Herr der Herren, der Ursachen Verursacher. Im Namen Gottes, des Unvergänglichen, Ewigen! Im Namen Gottes, des Voraus-Bestimmers des Schicksals und Verhängnisses! O Menschenkind, was hat dich betört in deinem langen Hoffen, und was hat dich deines Lebens Ende vergessen lassen? Weißt du nicht, dass der Tod dich in Bälde ruft und herbeieilt, deine Seele zu packen? Darum rüste dich zur Fahrt und versorge dich mit Proviant aus der Welt, die du binnen kurzem verlassen musst. Wo ist Adam, der Vater der Menschen? Wo Noah mit seinen Sprossen? Wo sind die Chosroenkönige und wo die Cäsaren? Wo sind die Könige von Indien und vom Irak? Wo sind die Könige der Welt, wo die Amalekiter und die alten Recken? Ihre Wohnungen stehen leer, und verlassen haben sie ihre Sippen und Heimstätten. Wo sind die Könige von Adschamland und von Arabien? Gestorben sind sie allzumal und verfault und verwest. Wo sind die hochmögenden Herren? Alle sind sie tot. Wo ist Karûn und Hamân? Wo Schaddâd, der Sohn Âds, wo Kanaan und Dhu l-Autâd? Bei Gott, der Schnitter des Lebens zerschnitt ihren Odem und vereinsamte ihr Haus. Und ob sie sich wohl Proviant verschafften für den Tag der Heimkehr und sich die Antwort bereiteten für den Herrn der Menschen? O du, so du mich nicht kennest, so will ich dir nennen meinen Namen, ich bin Tadmura, die Tochter der Amalekiterkönige, jener Könige, welche die Lande in Gerechtigkeit beherrschten. Ich nannte mein, was kein König sein Eigen nannte, und herrschte in Gerechtigkeit und Unparteilichkeit über die Untertanen; ich gab den Sklavinnen und Sklaven die Freiheit, bis mich plötzlich der Tod überfiel und das Verderben mich heimsuchte. Und also geschah's: Sieben Jahre hintereinander fiel kein Regen vom Himmel und kein Grün sprosste auf der Erde, so dass wir uns, nachdem wir alle unsere Vorräte aufgebraucht hatten, an unser Vieh machten und es verzehrten, bis uns nichts mehr übriggeblieben war. Alsdann ließ ich all meine Schätze vor mich bringen und mit Maßen messen, worauf ich zuverlässige Leute mit dem Geld nach Lebensmitteln ausschickte. Doch wiewohl sie alle Länder durchzogen und alle Städte aufsuchten, fanden sie nichts und kehrten nach langer Abwesenheit wieder zu uns zurück. Da breiteten wir all unser Geld und unsere Schätze aus und verriegelten die Tore der Burgen unserer Stadt, uns dem Beschluss unsers Herrn anheimgebend und unser Schicksal unserm König überlassend. So starben wir allzumal, wie du uns hier schaust, und ließen zurück, was wir bauten und aufspeicherten. Solches ist unsere Geschichte, und von dem Wesen blieb nur die Spur.«

Unten am Fußende der Tafel fanden sie dann noch folgende Verse geschrieben:

O Menschenkind, lass dich nicht von deiner Hoffnung
                              verspotten,
Denn alle Schätze, die deine Hände zusammen-
                              gescharrt, musst du verlassen.

Ich schaue dich hängen an der Welt und ihrem eitlen
Tand,
Doch so wie du taten Völker und Völker vor dir.
Schätze erwarben sie zu Recht und durch Raub und
Gewalt,
Doch hemmten sie nicht das Schicksal, als ihre Stunde
schlug.
Truppen führten sie an in Scharen und häuften
Reichtümer an,
Doch mussten sie die Schätze verlassen und aus ihren
Häusern ziehn.
Zu den engen Gräbern mussten sie fahren und sich im
Staube betten,
In dem sie nun ruhen als Pfand für all ihre Werke.
Einer Karawane gleich, die ihr Gepäck ablud zur Nacht
In einem Haus, das keine Gäste beherbergt,
Und dessen Herr zu ihnen spricht: Ihr Leute, hier ist
kein Platz für euch;
So packten sie wieder auf, nachdem sie erst eben
abgestiegen waren,
Und wurden alle furchtsam und verzagt
Und hatten weder Freude am Einkehren noch am
Aufbrechen.
Drum verschaffe dir guten Proviant, der dich
kommenden Tages erfreut,
Und lebe nur in der Furcht deines Herrn.

Der Emir Mûsa weinte, als er diese Worte vernahm. Dann
las er weiter: »Bei Gott, Gottesfurcht ist aller Dinge bestes,
die Gewähr und der festeste Pfeiler. Und der Tod ist die of-
fenkundige Wahrheit und die gewisse Verheißung, und in
ihm, o du, ist das Asyl und letzte Ziel. Nimm dir daher eine

Lehre an denen, die vor dir in den Staub fuhren und die Straße der Heimkehr eilig zogen. Siehst du nicht, dass dich die grauen Haare zur Grube rufen, und dass deine weißen Locken deines Lebens Los betrauern? Darum wache und sei bereit zur Fahrt und zur Rechenschaft. O Menschenkind, was hat dein Herz verhärtet und dich betört, dass du deinen Herrn vergisst? Wo sind die Völker alter Zeiten? Sie sind eine Lehre für alle, die sich belehren lassen. Wo sind Chinas Könige und die mächtigen und gewaltigen Herren? Wo ist Âd, der Sohn Schaddâds, und all seine Bauten? Wo ist Nimrod, der Rebell und Gottesverächter? Wo ist Pharao, der Verleugner und Gottesverwerfer? Allen folgte der Tod auf der Spur und rang sie nieder, weder Groß noch Klein verschonend, weder Mann noch Weib. Der Schnitter des Lebens schnitt ihnen den Odem ab, so wahr der Herr lebt, der die Nacht folgen lässt dem Tag! Wisse, der du kommst an diesen Ort, und mich hier schaust, nicht ließ ich mich verführen von der Welt und ihren eitlen Freuden, denn sie ist voll Trug und Falsch, ein Haus der Zerstörung und Verblendung; und Heil dem Menschen, der seiner Sünde gedenkt, der seinen Herrn fürchtet, der rechtschaffen ist in seinem Treiben und Tun und sich Proviant bereitet für den Tag der Heimkehr! Wer nun zu unserer Stadt kommt und sie mit Gottes Hilfe betritt, der nehme so viel Gut mit sich, als er nur vermag, doch rühre er nichts an meinem Leibe an, denn es ist die Hülle meiner Scham und meine Ausstattung für meine Fahrt aus der Welt; darum fürchte er Gott und raube nichts davon, dass er sich nicht selber verderbe. Dies habe ich als eine Warnung für ihn aufgestellt und als ein Unterpfand ihm anvertraut. Frieden auf euch, und ich bitte Gott, euch vor Unheil und Krankheit zu schützen.«

Als der Emir Mûsa diese Worte hörte, weinte er bitterlich, bis er in Ohnmacht sank. Als er wieder zu sich kam, schrieb er alles auf und ließ sich alles, was er gesehen hatte, als Lehre dienen. Hierauf sagte er zu seinen Gefährten: »Holt die Doppelsäcke und packt all dieses Geld, die Gefäße, Kostbarkeiten und Edelsteine hinein.« Da sagte Tâlib ibn Sahl zum Emir Mûsa: »O Emir, sollen wir dieses Mädchen mit all ihrem Schmuck hierlassen, der seinesgleichen nicht hat, dem Ähnliches nie wieder gefunden wird? Es ist viel besser als alle Kostbarkeiten, die du nimmst, und das schönste Geschenk, durch das wir die Gunst des Fürsten der Gläubigen gewinnen können.« Der Emir Mûsa versetzte: »Du da, hast du nicht vernommen, was uns das Mädchen auf der Tafel befiehlt, zumal wo sie es uns als Unterpfand gibt und wir keine treulosen Buben sind?« Der Wesir Tâlib entgegnete jedoch: »Sollen wir etwa wegen der Worte da diese Schätze und Edelsteine liegen lassen, wo sie tot ist? Was sollte sie wohl hiermit anfangen, wo dies der Schmuck der Welt und nur der Lebenden Zier ist, und wo ein Wollenkleid zu ihrer Hülle ausreicht? Uns kommt es mehr zu als ihr.« Hierauf trat er an die Treppe heran und stieg die Stufen hinauf, bis er zwischen den beiden Säulen stand; als er aber zwischen die beiden Hüter trat, versetzte ihm der eine einen Keulenschlag auf den Rücken, während der andere ihm mit einem Schwertstreich das Haupt herunterholte, so dass er tot zu Boden stürzte. Da sagte der Emir Mûsa: »Gott erbarme sich nicht deiner Ruhestätte! Fürwahr, es war genug an diesen Schätzen; die Habgier erniedrigt einen Mann.« Hierauf ließ er die Truppen eintreten, welche die Kamele mit den Schätzen und Edelerzen und Gesteinen beluden; dann befal er ihnen, das Tor wieder zu verriegeln, wie es zuvor gewesen war, und zog mit ihnen am Meeresgestade entlang, bis sie in Sicht eines hohen Berges gelangten, der das Meer überragte und voll von Höhlen war, in denen ein schwarzes Volk hauste, das in lederne Häute gekleidet war, auf den Kopfen ebenfalls Burnusse aus Leder trug und eine unbekannte Sprache redete. Als die Schwarzen die Truppen erblickten, flüchteten sie erschreckt zu jenen Höhlen, während ihre Weiber und Kinder an den Eingängen derselben standen. Da fragte der Emir Mûsa: »Scheich Abd as-Samad, was sind das für Menschen?« Der Scheich erwiderte: »Sie sind die vom Fürsten der Gläubigen Gesuchten.« Hierauf stiegen sie ab, nahmen die Lasten herunter und schlugen die Zelte auf; kaum aber waren sie damit fertig geworden, als der König der Schwarzen, der Arabisch sprach, vom Berge zu ihnen heruntersteig. Als er zu dem Emir Mûsa gelangte, begrüßte er ihn, worauf dieser ihm den Salâm erwiderte und ihn mit Auszeichnung aufnahm. Dann fragte ihn der König der Schwarzen: »Seid ihr Menschen oder Dschinn?« Der Emir Mûsa erwiderte: »Was uns anlangt, so sind wir Menschen, ihr aber seid ohne Zweifel Dschinn, da ihr so abgelegen von allen Geschöpfen auf diesem einsamen Berge haust und solche riesigen Leiber habt.« Der König der Schwarzen versetzte jedoch: »Nein, wir sind ebenfalls Menschen und sind vom Stamme der Kinder Ham, des Sohnes Noahs – Frieden sei auf ihm! –, dieses Meer aber heißt das Meer von al-Karkar.« Nun fragte der Emir Mûsa: »O König, was habt ihr für eine Religion, und was betet ihr an?« Der König erwiderte: »Wir beten den Gott der Himmel an und unsere Religion ist die Religion Muhammads – Gott segne ihn und spende ihm Heil!« – Da fragte der Emir Mûsa: »Und wie kamt ihr zur Kenntnis hiervon, wo kein Prophet in dieses euer Land entsandt wurde?« Der König versetzte: »Wisse, o Emir, uns erschien aus diesem Meere ein Mann, von dem ein Licht ausstrahlte, das die weite Welt erhellte, und der mit so lauter Stimme rief, dass man es nah und fern hören konnte: ›Ihr Kinder Ham, verehrt den, der sieht und nicht gesehen wird, und sprechet: Es gibt keinen Gott außer Gott, Muhammad ist der Gesandte Gottes! – Und ich bin Abu l-Abbâs al-Chidr.‹ Vor diesem hatten wir einander angebetet, nun aber lud er uns ein zur Anbetung des Herrn der Menschen. Außerdem aber lehrte er uns auch noch andere Worte zu sprechen.« Da fragte der Emir Mûsa: »Und welches sind sie?« Der König erwiderte: »Sie lauten: Es gibt keinen Gott außer dem einigen Gott, der keinen Genossen hat; Ihm ist das Reich und Ihm das Lob. Er gibt das Leben und den Tod und hat Macht über alle Dinge. Mit keinen andern Worten als mit diesen nähern wir uns Gott, dem Mächtigen und Herrlichen, denn nur diese kennen wir. Und in jeder Nacht zum Freitag schauen wir ein Licht auf dem Angesicht der Erde und hören eine Stimme, die da ruft: ›Hehr und heilig ist der Herr der Engel und des Geistes. Was Gott will, das geschieht, und was er nicht will, das geschieht nicht. Alles Gute kommt von Gottes Gnade, und es gibt keine Macht und keine Kraft, außer bei Gott, dem Hohen und Erhabenen!‹« Hierauf sagte der Emir Mûsa zu ihm: »Wir sind Boten vom König des Islam Abd al-Malik, dem Sohn des Marwân, und kommen her wegen der kupfernen Flaschen, die bei euch im Meer liegen und in welche seit der Zeit Salomos, des Sohnes Davids – Frieden auf beide! – die Satane eingesperrt sind! Er befahl uns, ihm einige Flaschen zu bringen, damit er sie sähe und sein Vergnügen an ihnen hätte.« Der König der Schwarzen erwiderte: »Freut mich und ehrt mich.« Hierauf bewirtete er sie mit dem Fleisch von Fischen und befahl den Tauchern, einige sulaimanische Flaschen aus dem Meer herauszuholen, woraufdieselben zwölf Flaschen brachten. Der Emir Mûsa, der Scheich Abd as-Samad und alle Truppen freuten sich hierüber, da sie nunmehr den Auftrag des Fürsten der Gläubigen ausgerichtet hatten, und der Emir Mûsa machte dem König der Schwarzen viele Geschenke und reiche Präsente, die der König der Schwarzen ihm mit einem Geschenk von menschenähnlichen Meerwundern erwiderte, indem er zu ihm sagte: »Ihr seid während dieser drei Tage, die ihr bei uns verweiltet, mit dem Fleisch dieser Fische bewirtet.« Da entgegnete der Emir Mûsa: »Wir müssen unbedingt einige dieser Fische mit uns nehmen, dass der Fürst der Gläubigen sie sieht, da er an ihnen größere Freude als an den sulaimanischen Flaschen haben wird.«

Hierauf verabschiedeten sie sich von ihm und traten den Heimweg an, bis sie wieder nach Damaskus im Lande Syrien gelangten. Hier angelangt, traten sie vor den Fürsten der Gläubigen Abd al-Malik, den Sohn des Marwân, und der Emir Mûsa berichtete ihm alles, was er geschaut und alle die Verse, die Nachrichten und Ermahnungen, die er gelesen hatte, sowie auch Tâlib ibn Sahls Schicksal, worauf der Fürst der Gläubigen versetzte: »Wäre ich doch bei euch gewesen, dass ich hätte schauen können, was ihr schautet!« Dann nahm er die Flaschen und öffnete eine nach der andern, worauf die Satane aus ihnen herausfuhren und zur Verwunderung Abd al-Malik ibn Marwâns riefen: »Wir bereuen, o Prophet Gottes, und wollen nimmermehr wieder so sein.«

Was aber die Meertöchter anlangt, die ihnen der König der Schwarzen geschenkt hatte, so setzten sie dieselben in Wassertröge, doch starben sie in der großen Hitze.

Hierauf ließ der Fürst der Gläubigen die Schätze vor sich bringen und verteilte sie unter die Muslimen, wobei er sprach: »Keinem verlieh Gott, was er Salomo, dem Sohne

Davids, verlieh.« Der Emir Mûsa aber bat den Fürsten der Gläubigen, seinen Sohn an seiner Statt als Statthalter über seine Provinz einzusetzen, damit er sich selber nach der heiligen Stadt Jerusalem begeben könne, um daselbst Gott anzubeten; und der Fürst der Gläubigen setzte ihn ein, worauf er sich auf den Weg nach der heiligen Stadt machte, in der er starb.

Das ist alles, was von der Geschichte der messingnen Stadt auf uns gekommen ist, und Gott weiß es besser.

Zu dieser Ausgabe

Die Orthographie wurde behutsam modernisiert; bewahrt wurden
Schreibeigentümlichkeiten der Übersetzer. Insbesondere wurde die
Interpunktion bei wörtlicher Rede modernisiert.

Die Wiedergabe der arabischen Wörter und Namen orientiert sich
an den Originalaugaben, aus denen die Texte stammen (s. u.). Das be-
trifft besonders die Texte, die auf der vollständigen Edition von Max
Henning, erschienen 1895–97 im Reclam Verlag, Leipzig, beruhen
und hier aus der Neuausgabe von 2010 stammen.

Verzeichnis der Texte und Druckvorlagen

Von kühnen Abenteuerfahrten

Der Vogel Blumentriller – Persische Märchen. Hrsg. und übers. von
  Arthur Christensens. Düsseldorf/Köln: Diederichs, 1958. S. 20–
  35.
Sindbad der Lastenträger und Sindbad der Seefahrer – Einleitung von:
  Die Geschichte Sindbads des Seefahrers. In: Geschichten aus Tau-
  sendundeiner Nacht. Aus dem Arabischen übers. von Max Hen-
  ning. Hrsg. von Johann Christoph Bürgel und Marianne Chenou.
  Stuttgart: Reclam, 2010. S. 336–340.
Sindbads siebente Reise – Geschichten aus Tausendundeiner Nacht.
  Aus dem Arabischen übers. von Max Henning. Hrsg. von Johann
  Christoph Bürgel und Marianne Chenou. Stuttgart: Reclam, 2010.
  S. 414–425.

Von Glück, Zauberei und der großen Liebe

Der Zauberer und sein Lehrling – Türkische Volksmärchen aus Stam-
  bul. Hrsg. von Ignaz Kúnos. Leinen: E. J. Brill, 1905. S. 276–281.
Die wunderbare Heilung – Aramäische Märchen. Gesammelt, hrsg.
  und übers. von Werner Arnold. München: Diederichs, 1994.
  S. 189–191. – © 1994, Diederichs, München, in der Penguin Random House Verlagsgruppe GmbH.
Die Geschichte eines Sufis von Bagdad – Erzählungen aus Tausend-
  undein Tag. Hrsg. von Paul Ernst. Übers. von Paul Hansmann.
  Frankfurt a. M.: Insel Verlag, 1987. Bd. 2. S. 31–37.
Vom Hirten, der die Liebe lernen wollte – Märchen aus dem Pand-
  schab. Hrsg. und übers. von Helmtraut Sheikh-Dilthey. Düssel-
  dorf/Köln: Diederichs, 1976. S. 165–167. – © 1976, Diederichs,
  München, in der Penguin Random House Verlagsgruppe GmbH.

Von Träumen und unermesslichen Schätzen

Ali Baba und die vierzig Räuber – Geschichten aus Tausendundeiner Nacht. Aus dem Arabischen übers. von Max Henning. Hrsg. von Johann Christoph Bürgel und Marianne Chenou. Stuttgart: Reclam, 2010. S. 721–756.

Die Geschichte der messingnen Stadt – Geschichten aus Tausendundeiner Nacht. Aus dem Arabischen übers. von Max Henning. Hrsg. von Johann Christoph Bürgel und Marianne Chenou. Stuttgart: Reclam, 2010. S. 289–335.

Die den Kapiteln vorangestellten Mottos stammen aus:

Geschichten aus Tausendundeiner Nacht. Aus dem Arabischen übers. von Max Henning. Hrsg. von Johann Christoph Bürgel und Marianne Chenou. Stuttgart: Reclam, 2010.

– *Die Geschichte des Schuhflickers Ma'rûf*, S. 545.
– *Der Fischer und der Ifrît*, S. 57.
– *Die Geschichte Sindbads des Seefahrers*, S. 341.